AF186594

Fuß(ge)führt

Shoppingtour

mit meiner Angebeteten

Lady Kim

Die Deutsche Nationalbibliothek verzeichnet diese Publikation in der Deutschen Nationalbibliografie; detaillierte bibliografische Daten sind im Internet über dnb.dnb.de abrufbar.

kinkstyle.edition@gmail.com

Covergestaltung und Illustration: Lady Kim

Herstellung und Verlag: BoD - Books on Demand, Norderstedt

ISBN: 9-783748-160403

K!nkstyle Edition

Fuß(ge)führt

Shoppingtour

mit meiner Angebeteten

Lady Kim

Inhalt

Widmung von Kai
an seine vergötterte Lady Kim

Verfasst für die wunderbare Principessa Kim, von einem Ihrem Fußvolk angehörigen Anbeter Ihrer wundervollen Erscheinung und Ihres Charismas.

Verehrte Lady Kim, bitte sehen Sie diese Geschichte, wie immer, als Ihr persönliches Eigentum an, mit dem Sie bitte nach Belieben verfügen. Danke für diese schöne Aufgabe! Es war mir, wie immer, eine besondere Ehre für Sie schreiben zu dürfen.

Hochachtungsvoll,

Ihr Fußanbeter Kai von Aschenbach

Die Shoppingtour - Vorbereitung

Montag, 9:30 Uhr, endlich eine neue Nachricht von Ihnen. Wie sehr habe ich Sie vermisst während Ihres Wochenendes in Italien. Aber natürlich habe ich mich auch sehr für Sie gefreut, denn Sie teilten mir ja mit, dass Sie nicht viel Zeit für mich haben werden, weil Sie eine gute Zeit mit Freunden und Familie verbringen werden. Und ist es nicht genau das, was ich will? Dass Sie, Lady Kim, eine gute Zeit haben, jeden Tag ein Leben voller Freude und Erfüllung. Und da ich weiß, wie nah Sie diesem Ideal schon sind, bin ich so stolz, dass Sie mir, Ihrem kleinen Untertan, erlauben, Ihr bereits so reiches Leben zu ergänzen, ja vielleicht sogar zu bereichern, mit meiner Anbetung und Devotion.

Und diese Nachricht ist so besonders, so aufregend, so herausfordernd, dass ich augenblicklich damit beginne zu planen, denn mein Ziel ist, alle Ihre Erwartungen nicht nur zu erfüllen, sondern zu übertreffen:

Der Auftrag

Lieber Untertan,

der Frühling liegt in der Luft und die Tage sind schön sonnig und bereits sehr, sehr warm. Ein Blick in meinen Kleiderschrank hat mir heute deutlich gezeigt, dass Handlungsbedarf besteht! Einiges darin ist einfach nicht mehr in Mode und das will ich schleunigst ändern.

Ich benötige darum deinen Dienst als Chauffeur, Einkaufsbegleiter und Taschenträger. Ich möchte, dass du mich auf meiner Shoppingtour begleitest. Kannst du es dir einrichten, dass wir kommenden Samstag pünktlich um 10.00 Uhr hier bei mir starten und du mich dazu mit deinem Wagen abholst?

Du kannst dir sicherlich selbst ausmalen, wie dein Outfit für diesen Tag zusammenzustellen ist, wenn du mit mir einen Tag in der Stadt verbringen darfst. Nur, um sicher zu gehen:

Trage keine Freizeithose oder Jeans oder womöglich Shorts, sondern eine lange dunkle Stoffhose. Und lass bloß dein Karohemd zu Hause, trage auch kein sportliches oder gar mit irgendeinem Bild oder mit einem albernen Text bedrucktes T-Shirt, sondern ein schönes schlichtes Hemd. So, wie man sich eben als Lady stilsicheres Personal vorstellt...

bis Samstag, ich rechne fest mit dir,

Lady Kim

Montag

Ich habe also fünf volle Tage, um alles vorzubereiten und zu planen, und ich beantrage Urlaub für Freitag. Denn wenn ich eines kenne, dann Murphy's Law: alles was schiefgehen kann, geht schief, besonders bei einem Pechvogel wie mir…

Als erstes kümmere ich mich um meine Garderobe. Natürlich will Lady Kim einen Einkaufslakai, der Ihren Ansprüchen genügt und Ihr eigenes Erscheinungsbild nicht stört. Und Lady Kim's Erscheinungsbild ist makellose Schönheit. Was nicht bedeutet, dass jeder Zentimeter Lady Kim perfekt ist. Sie ist eine, das Leben in jeder Hinsicht genießende Frau und das Leben hinterlässt natürlich Spuren. Aber alles zusammengenommen, all das Perfekte und Unperfekte, all das Natürliche und Charismatische, all das Emphatische und Dominante macht Lady Kim zu meiner wundervollen, unnahbaren, angebeteten, perfekten Königin.

Ich wähle Hose und Hemd, eine Weste und ein Sakko. Schuhe sind braune Budapester, da macht man(n) nie etwas falsch. Alles aufeinander abgestimmt, elegant, aber auch nicht overdressed, schließlich begleite ich meine Königin nicht auf einen offiziellen Empfang. Deshalb verzichte ich auch auf die Krawatte. Beim Hemd wähle ich ein schlichtes weißes. Was mich beim ersten Treffen geritten hat, dieses Baumfäller-Flanell-

Karo Scheusal zu tragen, verstehe ich bis heute nicht. Andererseits hat es mir Lady Kim's Güte aufgezeigt, die mir all meine Makel, all meine Unsicherheiten und fehlende Erfahrung verziehen hat, bisher wenigstens.

Ich schwöre, diesmal mache ich alles besser, denn dieses Mal sind wir in der Öffentlichkeit. Und ein Diener, der seine Herrschaft öffentlich blamiert, packt oft seine Sachen. Andererseits will ich meine unerreichbare Angebetete wieder mit meinem Ideenreichtum überraschen, Ihr etwas Spezielles bieten, das mich aus der Masse Ihres so umfangreichen Fußvolkes herausstechen lässt.

So entscheide ich mich zum Beispiel, meine alte Chauffeur-Mütze zu tragen. Gott, es ist eine Ewigkeit her, dass ich sie getragen habe und meiner damals unnahbaren Königin ein untertäniger Chauffeur war. Diese kam sehr gut an und half uns, schnell in die herrschende und dienende Rolle einzutauchen. Nur wo ist sie?

Abends im Chat teile ich Lady Kim mit, dass ich alles vollkommen unter Kontrolle habe und schon auf einem guten Weg der Vorbereitung bin. Und wie sehr ich mich auf meine Rolle freue…

Dienstag
Den ganzen Tag suche ich nach dieser verdammten Mütze, verpasse etliche Meetings und antworte

verspätet auf Mails. Meine Chefin hat mich schon gefragt, ob etwas passiert ist, das mich so unkonzentriert sein lässt. Ob sie versteht, dass es momentan meine einzige Priorität ist, mich in einen möglichst perfekten Lakaien für die charismatischste, wundervollste und unerreichbarste Frau auf Erden zu verwandeln? Ich erwäge kurz - denn sie ist ja eine Frau und versteht bestimmt meine Sehnsucht - sie darüber zu informieren, entscheide mich aber letztendlich dagegen und nehme auch für den Rest der Woche Urlaub.

In meiner Nachricht an Lady Kim am Abend wiederhole ich meinen Dank, Ihr Einkaufslakai sein zu dürfen und versichere Ihr wieder meine Vorfreude. Wie langweilig ich doch klingen muss! Doch meine gnädige Principessa sieht großzügig darüber hinweg und lobt mich, dass meine Vorbereitungen so gut laufen. Wie wundervoll Sie doch ist!

Mittwoch
Mist! Die Chauffeur-Mütze, die ich gestern noch bei Etsy per Express-Lieferung bestellt habe, kommt natürlich dann an, als ich Hemd, Hose, Sakko aus der Reinigung abhole. Also laufe ich so schnell ich kann zur Post, nur um festzustellen, dass ich mit der Mütze aussehe wie im Fasching. Das Ding hat keinen Style und kein Flair. Das sieht sogar so ein Mode-Banause wie ich. Also gehe ich wieder auf die Suche nach

meiner alten Mütze, aber alles, was sich bis zum Abend findet, ist ein kleiner hässlicher Pickel an meinem Kinn. Wenn's läuft, dann läuft's, schreibe ich am Abend meiner Königin und versichere Ihr, dass ich sogar viel weiter bin mit meinen Vorbereitungen als ursprünglich geplant.

Donnerstag

0:07 Uhr – Heureka! Endlich ist mir das Schicksal gewogen und ich finde meine Chauffeur-Mütze. Nun, sie war natürlich in dem Schrank, in dem ich zuallererst gesucht habe, aber ganz oben hinten habe ich einfach nicht nachgeschaut. Diese Mütze, gekauft auf einem Flohmarkt, auf dem ich mit meiner ersten Angebeteten war, ist ein wirkliches Original von einem Chauffeur einer echten Baroness, so hat der Verkäufer jedenfalls den horrenden Preis gerechtfertigt. Natürlich hatte er keinen Nachweis und kein Zertifikat. Es spielte aber auch keine Rolle, denn diese Mütze war jeden Cent wert. Schon beim Kauf war meine Angebetete entzückt von der Idee, mich darin zu sehen. Und bei jeder Fahrt, die ich mit ihr unternommen hatte, wurde ich durch die Mütze auch äußerlich zu ihrem ergebenen Chauffeur und sie zu meiner erhabenen Baroness. Und was damals geklappt hat, wird auch am kommenden Samstag klappen, nur diesmal mit einer wahrhaftigen Königin, meiner vergötterten, herrschaftlichen Majestät Lady Kim!

Am frühen Morgen geht es weiter mit den guten Nachrichten. So erhalte ich die Bestätigung für das Auto, das ich für Samstag gemietet habe. Denn ich habe schon am Montag beschlossen, dass mein treuer, aber schon in die Jahre gekommene Peugeot nicht ausreicht, um eine Hoheit wie Lady Kim standesgemäß zu chauffieren.

Aber nur 10 Minuten später bestimmt Lady Kim per Mail…

„Mein untergebener Chauffeur und Lakai, hole mich nicht von Zuhause ab, sondern triff mich vor dem Café Reitschule am Englischen Garten am Samstag um 10:00 Uhr. Ich habe in der Gegend zuvor etwas mit meinem Mann zu erledigen, bevor er zu eigenen Terminen weiterfährt und ich mit dir auf Shoppingtour gehe. Als erstes Ziel werden wir das Ludwig Beck am Marienplatz anvisieren."

Ich kenne das Café Reitschule schon vor meiner Studentenzeit und habe daran nicht nur positive Erinnerungen, denn ich assoziiere mit dieser Location mein, von meiner ersten Angebeteten, gebrochenes Herz. Aber das ist lange, lange her. Und der Straßenname dieses uralten Münchener Cafés, die Königinstraße, ist ein exzellentes Omen und Startpunkt der Tour mit meiner verehrten Herrschaft. Doch dann kommt mir noch eine andere Idee. Ich google ein wenig und finde tatsächlich fast genau das, was ich suche. Die anschließende Verhandlung am Telefon dauert eine ganze Stunde und mein Gegenüber denkt bestimmt, dass ich einen an der Waffel habe. Egal, denn ich habe das -fast- eliminiert und jetzt genau das, was ich wollte. Gut, ich habe auch ein kleines Vermögen eliminiert, aber das ist es mir wert. Hoffentlich wird Lady Kim begeistert sein von meiner Idee und nicht glauben, sich mit einem kompletten Honk verabredet zu haben. Die Gefahr besteht!

Ich beschließe, heute und morgen Abend kein Bier zu trinken, um topfit am Samstag zu sein. Um nicht in Versuchung zu geraten, schütte ich die beiden Pils in den Abfluss. Nach einem nachmittäglichen Chat mit meiner Königin Kim zittere ich wieder mal wie ein Teenager. Den passenden Pickel dazu habe ich ja bereits.

Abends im Chat, wohl wissend, wie sehr ich mich nach der Nähe zu Ihren so zauberhaften Schuhen verzehre, spielen Sie mit meiner Sehnsucht und befehlen, Sie bei Ihrer Schuhauswahl für Samstag zu beraten, Vorschläge zu machen und diese zu begründen. Sofort bettle ich förmlich darum, dass Sie Ihre Caprice Pumps tragen, begründe den Vorschlag mit der Eleganz und der Bequemlichkeit des Schuhs, obwohl ich weiß, dass Ihnen meine Verliebtheit in den besonderen, von Ihren göttlichen Füßen geprägten Charakter des Fußbetts dieses Paares wohl bekannt ist. Genüsslich weiden Sie sich an meiner Begierde, feuern sie noch an, indem Sie mir mitteilen, dass Sie Ihre Pumps die letzten Tage fast täglich barfuß getragen haben. Sofort erinnere ich mich an die hohen Temperaturen der letzten Tage, stelle mir das wundervolle Aroma vor und intensiviere mein Flehen. "Hoheit, bitte, ich bin soeben auf die Knie gefallen, ich flehe Sie aus tiefstem Herzen an, bitte gehen Sie in Ihren Caprice Pumps auf Shoppingtour. Meine Begierde, Sie in diesen Schuhen den ganzen Tag zu sehen, sie Ihnen eventuell auszuziehen, vielleicht sogar huldigen zu dürfen, ist überwältigend. Sie wissen, wie sehr ich Ihre Füße verehre, Lady Kim, und dieses Paar repräsentiert wie wohl kein anderes den Charakter Ihrer hochwohlgeborenen Füße". Vergnügt lassen Sie mich weiter betteln, schicken mir ein Foto vom letzten heißen Abend, welches Ihre Caprice an Ihren Zehen baumelnd zeigt, Ihre so wunderschöne Ferse, die Schuhsohle und bestätigen meine Aussage mit: „Ohh Kai, wenn du wüsstest, wie sehr du Recht hast mit der sehr besonderen Charakteristik der Caprice. Gestern war ich auf einer Party und wir haben bis Mitternacht getanzt. Puh, ich kann dir sagen, das war ganz schön stressig für meine Füße und auch für die Innensohle."

Mit trockenem Mund betrachte ich das fantastische Foto auf dem Monitor, küsse auf Ihren Befehl hin nacheinander die Ferse, die Schuhspitze, den Absatz und schließlich die Schuhsohle auf dem Bild, was ich wohl auch ohne Ihre Anweisung getan hätte. Dann verlangen Sie, Ihnen zu schildern, was in mir vorgeht beim Betrachten des Fotos. Verlegen schreibe ich Ihnen, wie ich mich in der Fantasie verliere, wie ich Ihnen in einem Park diese Schuhe von Ihren gestressten Füßen streife, ehrfürchtig, langsam, ergeben, nur um zahllose Küsse darauf zu platzieren und Sie darum zu bitten, Ihre müden Füße massieren zu dürfen. Ich bin im Himmel, als Sie es mir gewähren, berühre wie ein Verliebter ganz sacht Ihre Zehen, die ich in tiefster Demut einzeln küsse. Wie warm doch Ihr Fuß ist in meinem Traum, wie bezaubernd das Aroma. Dann stelle ich mir vor, wie Sie mir befehlen, Ihnen einen Schuh zu reichen und Sie anzusehen, wie Sie mir die Innensohle zum Kuss vor meine Lippen halten, wie ich mich nach vorne beuge und in tiefster Verehrung innige Küsse auf das leicht feuchte, verschwitzte Fußbett hauche und immer und immer wieder „Danke Lady Kim, ich verehre Sie, ich bete Sie an, Sie sind eine Göttin, Ihren Füßen bin ich für immer ergeben, Ihren erhabenen Schuhen zu huldigen ist mein Lebensinhalt, ich bin nichts ohne Ihre Herrschaft."

Sie holen mich aus der Fantasie zurück in die Realität. „Oh wie schön dein Tagtraum doch ist, mein lieber Kai. Ich überlegte schon, meine Caprice zu tragen, doch eigentlich dachte ich, dass meine Füße in Sandaletten besser aufgehoben wären. Es wird heiß sein am Samstag und wir werden einiges zu Fuß zurücklegen. So sehr ich deine Begierde verstehe, meine 'wohlgewärmten' Füße zu vergöttern und dem 'leicht feuchten' Fußbett meiner Schuhe nahe zu sein, befürchte ich doch, dass meine Füße darunter leiden werden. Aber weil du deine Fantasie so schön beschrieben hast, werde ich dir den Gefallen tun, deine Lieblinge tragen und damit deine Sehnsucht erfüllen."

Überglücklich bedanke ich mich bei Ihnen, versichere, dass Sie mir damit die größte Freude machen, die ich mir nur vorstellen kann und dass ich bestimmt den schönsten Nachmittag meines Lebens erleben werde.

Dann sehe ich, wie Sie unvermittelt den Chat verlassen und offline sind und ich begreife allmählich, was Sie geschrieben haben, dass Ihre Füße wahrscheinlich leiden werden! Und bin entsetzt über meine Reaktion darauf: Ich ging mit keinem Wort darauf ein, nahm dankend an und damit in Kauf, dass es Ihren Füßen schlecht ergehen wird. Als ob es auf meine Freude ankäme oder ob mein Nachmittag der schönste meines Lebens wird. Lady Kim's Wohlergehen und Freude sind das Einzige, was zählt! Ich bin doch nur dazu da, um für Ihr Wohl zu sorgen und Ihr Zeitvertreib zu sein, Ihnen Freude zu bereiten und Ihr Leben mit meiner Unterwerfung angenehmer zu gestalten. Wie egoistisch ich mich verhalten habe, ist unverzeihlich! Schon glaube ich zu wissen, warum Sie aus dem Chat gegangen sind. Bestimmt sind Sie zutiefst enttäuscht von meinem Verhalten und kontaktieren gerade einen anderen aus Ihrem zahlreichem Fußvolk und laden ihn ein, an meiner Stelle am Samstag auf Shoppingtour zu gehen.

Sofort schreibe ich verzweifelt meine Bitte um Vergebung.

„Bitte vergeben Sie mir, verehrte Hoheit. Ich bin untröstlich, nur an mich gedacht zu haben. Ich bin Ihrer nicht würdig, aber bitte, tauschen Sie mich nicht aus. Bestimmt haben Sie Dutzende Anbeter, die nicht so egoistisch sind wie ich! Ihr Wohl ist mir das Wichtigste, bitte glauben Sie mir! Das Wohl Ihrer Füße ist bei weitem bedeutender als meine Sehnsüchte und Träume, es ist alles, was ich will. Dumm und unerfahren bin ich, aber das ist keine Entschuldigung. Bitte, Gebieterin, tragen Sie Ihre Sandaletten. Alles, was Ihre Fußsohle berührt, wird anbetungswürdig, ja göttlich, für mich sein. Bitte, bestrafen Sie mich für meine Dummheit, meinen Egoismus. Ich will alles tun, was Sie wollen, bitte bestrafen Sie mich, demütigen mich nach Belieben, doch bitte lassen Sie mich mit Ihnen auf Shoppingtour gehen! Ich verspreche, Sie werden es nicht bereuen, ich werde devoter und ergebener sein als jemals zuvor in meinem Leben, alles mit Freude erdulden, Sie als wahre Göttin und Herrscherin anbeten und akzeptieren!"

Als ich sehe, wie Sie wieder online sind bin ich immer noch auf meinen Knien und meine Hände zittern, als ich endlich Ihre Antwort erhalte…

„Ganz ruhig Kleiner, mein Gott, Kai! Ich war nur kurz telefonieren und in der Zwischenzeit drehst du komplett durch. Mir kam das alles überhaupt nicht in den Sinn und mir wäre es ziemlich egal, ob ich übermorgen meine Sandaletten oder deine angebeteten Pumps trage."

Gott, was für ein Stein fällt mir vom Herzen, wie glücklich ich bin, wie sehr ich Ihre Güte und Gnade bewundere. Schon will ich Ihnen danken für diese erlösenden Worte, als Sie weiter antworten…

„Aber jetzt, wo du es erwähnst, muss ich dir Recht geben. Du hast deine Freude über die Möglichkeit, deinen Lieblingsschuhen huldigen zu können, tatsächlich über die Bequemlichkeit meiner Füße gestellt, dein Wohl über meines! Wie enttäuschend! Und natürlich werde ich das bestrafen, was denkst du denn? Wie wäre es, wenn ich *dich* stundenlang in Pumps rumlaufen lasse?"

Erschrocken über diese unerfreuliche Wendung antworte ich am Boden zerstört. „Alles was Sie wollen, Lady Kim. Ich habe Strafe verdient und werde alles demütig akzeptieren, was Sie als Bestrafung bestimmen, nur bitte vergeben Sie mir…", als Sie mir direkt darauf mit einem :-) antworten und nachschieben: „Herrgott Kai, das war nur Spaß, du Dummie! Aber wenn du unbedingt in der Form bestraft werden willst, lässt sich das schon einrichten! Vielleicht schauen wir ja in einem Schuhgeschäft vorbei und ich suche ein schönes Paar High Heels für dich aus…" gefolgt von einem weiteren :-) . Dann verabschieden Sie sich, befehlen mir aber, mir nicht so viele Gedanken zu machen und die Vorfreude auf einen Samstag voller "wundervollen Erniedrigungen und unvergesslichen Demütigungen" zu genießen.

Völlig fertig mit den Nerven laufe ich zum Laden um die Ecke und kaufe drei Pils. „Ein Samstag voller wundervollen Erniedrigungen und unvergesslichen Demütigungen", wiederhole ich, während ich dem Foto von Ihren Caprice zuproste und jedes Mal einen weiteren Kuss auf den Monitor hauche.

Freitag

Es ist noch so viel zu erledigen, doch ich mache gute Fortschritte! Das Outfit passt, der Pickel ist weg, das Bier entsorgt, der Plan für morgen steht. Ich habe auf allen Alexa's, Handys und Tablets einen Wecker um 6:00 Uhr gestellt. Ich muss mich ja noch duschen, mich rasieren, mich fesch machen und das Hemd bügeln. Die in der Reinigung haben das Hemd natürlich gebügelt, aber Lady Kim liebt den Geruch von frisch gebügelten Hemden…

Am Abend fahre ich noch in die Stadt, um den Mietwagen abzuholen und das Gebiet zu sondieren. Ich flaniere ein wenig auf der Leopoldstraße, gehe das Stück vom Siegestor runter zur Giselastrasse, dann einmal rechts, einmal links, und schon ich stehe ich vor dem altbekannten Café Reitschule. Wie lange war ich nicht mehr hier!

Dann dreh ich weiter die Runde bis zum Professor-Huber-Platz, parke das Auto und fahre mit der U-Bahn nach Hause. Morgen bin ich es dann endlich: Lady Kim's Lakai, Chauffeur, Packesel, Verehrer, Anbeter, Spielzeug, Eigentum und Sklave. Oder einfach:

Der größte Glückspilz auf Erden….

Die Shoppingtour

Samstag

Ich warte seit 9:30 Uhr artig vor dem Café Reitschule und fiebere dem Moment entgegen, in dem ich endlich Lady Kim gegenüberstehen darf, um Ihr als Lakai, Chauffeur, Diener, Sklave und Spielzeug dienen zu dürfen. Jede Minute macht mich nervöser, lässt mich spekulieren, welche wunderbaren Situationen ich heute erleben darf, was meine Königin an Führung für Ihr Eigentum beschließen wird. Es wird bestimmt herausfordernd und bringt mich an meine Grenzen. Aber ich vertraue meiner Eigentümerin zu 1000%, dass alles, was Sie mich erleben lässt, auch das Beste für mich sein wird.

Auch bin ich gespannt auf Ihre Reaktion auf meine Überraschung. Es ist natürlich gewagt, von der vereinbarten - oder besser gesagt - befohlenen Vorgaben abzuweichen. Aber es ist mir ein Bedürfnis, Sie zu überraschen, denn meine Fantasie ist das Einzige, das ich neben meiner Hingabe, Hörigkeit und Devotion meiner Hoheit zu bieten habe und Devotion wird Ihr schon von so vielen anderen entgegengebracht.

9:45 Uhr. Die Minuten kriechen vor sich hin. Ich überprüfe mein Erscheinungsbild, meine nachtblaue Stoffhose ist perfekt gebügelt, ebenso mein weißes

Hemd. Meine braunen Budapester sind ein wenig staubig vom Englischen Garten und beide Schuhbänder sind offen, aber die binde ich mir später. Allerdings frage ich mich, ob es schlau war, schon so früh in die Stadt zu fahren. Lady Kim sagte, Sie liebe den Duft frisch gebügelter Hemden und dezenten Aftershaves. Und obwohl ich das in der Reinigung bereits gebügelte Hemd heute früh extra nochmal bügelte, um den Geruch zu erneuern, ist wohl nicht mehr viel davon übrig.

9:52 Uhr. Ich setze meine Chauffeurmütze auf und fühle mich augenblicklich als Untergebener einer hoheitlichen Herrschaft. Was für ein wundervolles Gefühl! Allerdings bringt mir die Mütze auch einige verwunderte Blicke ein. Besonders das junge Pärchen schmunzelt bei meinem Anblick. Wenige Minuten noch, und ich fange schon wieder an zu zittern wie ein unerfahrener Schuljunge.

10:02 Uhr. Zwei Minuten über die Zeit! Ich bin hypernervös! Im Sekundentakt blicke ich auf meine Uhr. Frage einen vorbeigehenden Herrn nach der Zeit. Auf seiner Uhr ist es sogar schon 10:03 Uhr. Ich laufe gerade panisch ein paar Schritte die Königinstraße auf und ab, laufe auf die andere Straßenseite, vielleicht habe ich ja etwas missverstanden, als ich aus dem Augenwinkel sehe, wie die schönste Frau der Welt aus dem Café tritt und oben auf der Treppe nach mir

Ausschau hält, Ihrem Lakaien, Ihrem Sklaven, Ihrem Eigentum, dem in diesem Moment glücklichsten Menschen auf Erden.

Lady Kim

9.58 Uhr, Café Reitschule
Mein Cappuccino steht getrunken vor mir, die Rechnung ist bezahlt, einem vergnügten Einkaufstag

steht nichts entgegen. Obendrein wird mich mein treuer Untertan begleiten, die Taschen tragen und mir so manches Vergnügen bereiten. Da bin ich mir sicher. Da ich ihn pünktlich einbestellt habe, denke ich, dass er bereits draußen vor der Tür auf mich wartet. Schnell ziehe ich noch einmal meinen Lippenstift nach, packe meine Handtasche und gehe zum Ausgang.

Kurz vor der Tür, ich habe die Türklinke schon in der Hand, fällt mir ein, dass ich meinen Lakaien vielleicht noch etwas schmoren lassen will. Er hat mich die letzten Tage auch etwas warten lassen mit seinen Antworten im Chat. Um 10:05 Uhr beschließe ich, mein Eigentum zu erlösen und trete aus der Tür.

Der Frühlingswind umspielt meine Beine und lässt mein Kleid flattern. Die Sonne scheint hell und blendet mich ein wenig, darum erblicke ich ihn nicht sofort. Doch, das muss er sein! Natürlich pünktlich und natürlich hat er mich zuerst gesehen. Er ist anscheinend bereits aus dem Auto gesprungen und winkt aufgeregt zu mir herüber…

Ungläubig schaue ich noch einmal in seine Richtung. In perfekter Chauffeursmanier steht er auf der anderen Straßenseite und winkt immer noch wie ein kleiner Schuljunge, um auf sich aufmerksam zu machen, die andere zum Gruß an seiner Mütze tippend. Nur, was soll ich sagen, ich traue meinen Augen nicht. Wo ist nur

sein alter Peugeot, den er sonst fährt? Das geparkte
Auto, das neben ihm steht, ist ein nagelneuer S-Klasse
Mercedes! Wow, mein Untertan hat sich ins Zeug
gelegt.

Fröhlich winkend gehe ich auf ihn zu, er tut dasselbe.
Wir treffen uns auf halbem Weg und ich begrüße ihn
herzlich. Ich sehe ihm seinen Übermut an, denn er
merkt, wie verblüfft ich bin, wie seine Überraschung
gelungen ist. „Da bist du ja!" und klack, lasse ich mitten
im Satz meinen Lippenstift fallen, den ich noch die
ganze Zeit über in der Hand hielt.
Natürlich, ohne zu zögern, kniet der Brave auch schon
vor mir, um das gute Stück aufzuheben. Das ist mein
Einsatz. „Guten Morgen mein lieber Taschenträger."

Mit diesen Worten stelle ich meinen rechten Fuß leicht
nach vorn. Er versteht sofort und haucht zur

Begrüßung einen Kuss auf meine nackten Zehen. Eine Sekunde länger als nötig lasse ich ihm einmal wieder das Vergnügen und gewähre ihm einige tiefe Atemzüge.

Ein schöner Schauer durchzuckt mich, als ich sehe, dass ein junges Pärchen, welches auf der anderen Straßenseite geht, die Szene kichernd beobachtet.

Aber da steht er schon wieder und überreicht mir den Lippenstift. Ich lächle ihn wohlwollend an, überreiche ihm meine Tasche und erwarte schon ungeduldig, dass er mich endlich zu meiner Limousine führt und die Türe öffnet, damit ich einsteigen kann und er mich wie verabredet direkt ins Münchner Zentrum zum Kaufhaus Beck bringt.

Kai

Ich laufe wieder über die Straße, während Sie, einer wahren Königin gleich, die Stufen herab schreiten.

Normalerweise gilt mein erster Blick natürlich Ihren Füßen, doch nicht heute. Ihr weißes Chiffon Kleid, das mit zarten Blüten bedruckt ist, raubt mir den Atem! Es ist nicht nur, dass es Ihre Figur perfekt betont und dass Sie darin absolut fantastisch aussehen, sondern es ist auch ungeheuer kurz! Viel kürzer als in meinen wildesten Fantasien! Mein Blick klebt förmlich an Ihren

Beinen, die durchs Tanzen so sagenhaft sexy geworden sind. Blut schießt mir in den Kopf und ich merke, wie ich erröte. Sofort blicke ich zu Boden und sehe Ihre wundervollen Füße in den offenen weißen Sandalen, die den Blick freigeben auf Ihre angebeteten Zehen, die dieses Mal unlackiert sind.

Wie komisch muss ich für Umstehende aussehen, ein Mann mit Chauffeur Mütze, der wie hypnotisiert auf die Füße einer eleganten, wunderschönen Dame starrt.

Das alles blende ich aber zunächst aus, all das Grinsen und Kichern der Umstehenden, all die Blicke, die wir auf uns ziehen! Denn ich stehe hier vor Ihnen, meiner traumhaft schönen Königin, bereit, mich Ihnen und Ihrer Führung komplett auszuliefern und zu unterwerfen. Wieder einmal ist meine Sehnsucht enorm, Ihre Füße zu küssen, und doch kann ich mich zurückhalten. Besonders in der Öffentlichkeit steht es mir nicht zu, eigenmächtig durch eindeutige devote Gesten meinen Status als Ihr, Ihre Füße anbetender Sklave, als Ihr rechtloses Eigentum zu zeigen. Das Recht, diese Gesten einzufordern, liegt einzig und allein bei Ihnen.

Und doch, mit jeder Sekunde, die ich vor Ihnen stehe, werden mir die Menschen um uns herum immer mehr bewusst und ich realisiere, dass ich hier auf die Anonymität Ihres Bekleidungszimmers verzichten muss und mich nichts vor den interessierten und manchmal faszinierenden Blicken der anderen schützt.

Die Sehnsucht, mich vor Ihnen zu erniedrigen, wechselt sich ab mit wunderbarer Scham, dabei beobachtet zu werden. Und meine Überzeugung, Sie, wenn schon nicht mit einem devoten Fußkuss wie sonst zu begrüßen, sondern wenigstens mit einem Kniefall, schwindet mit jeder Sekunde. Spontan und quasi nebenbei wollte ich erwähnen, dass meine Schuhbänder aufgegangen sind und das Zubinden als Vorwand nutzen, um vor Ihnen zu knien. Doch ich bin wie gelähmt.

Und mehr noch, ich erwische mich bei dem Gedanken, Sie anstatt mit Kniefall oder Fußkuss, mit einer freundschaftlichen Umarmung zu begrüßen, als Ihnen Ihr Lippenstift aus der Hand fällt….

Das Geräusch des Aufpralls reißt mich aus meinen versponnenen Gedanken. Meine Blicke lösen sich augenblicklich von Ihren Füßen, erst hin zum Lippenstift, dann in Ihr Gesicht. Ihr Augenzwinkern läßt mich ahnen, dass es kein Ungeschick war, dass Ihnen der Lippenstift aus der Hand gefallen ist. Und als Sie Ihr wundervolles Königinnen Lächeln aufsetzen, ist es um mich geschehen. Trotz aller Bedenken, aller Scham, aller öffentlichen Blicke zwingt mich Ihr Lächeln förmlich in die Knie. Wie eine Marionette steuern Sie mich, ich bin praktisch wehrlos. Und da Ihr Lippenstift noch ein wenig weggerollt ist (oder haben Sie etwa mit Ihrem Fuß etwas nachgeholfen?), rutsche ich auf Knien sogar einige Zentimeter. Ich kann die Blicke der Umstehenden förmlich auf mir spüren. Oder bilde ich mir das nur ein? Was ich mir nicht einbilde ist, wie Sie mich mit „Guten Morgen, mein lieber Taschenträger", freundlich begrüßen. Gut hörbar vor allem für ein in der Nähe stehendes Pärchen, das die Szene fasziniert beobachtet. Deren Tuscheln und Kichern ist ebenfalls gut hörbar und als Sie Ihren rechten Fuß fordernd leicht nach vorne stellen, höre ich es leise flüstern. „Der wird doch nicht…?"

Was dann passiert ist kein Automatismus, ist nicht geschuldet, dass ich wie eine Marionette von Ihnen gesteuert werde. Es passiert, weil ich es will, weil ich mich danach verzehre. Ich beuge mich nach unten und hauche den ergebensten Kuss, den ich zu bieten habe, auf Ihre göttlichen Zehen. Wie in Zeitlupe durchlebe ich ein Feuerwerk der Gefühle, am ehesten vergleichbar mit der ersten Bondage Fesselung, die ich von Ihnen erfahren durfte. Doch dieses Wechselbad der Gefühle ist anders, intensiver, schneller.

Am intensivsten ist das Gefühl der Erniedrigung, aber es ist nicht stechend, es tut nicht weh. Im Gegenteil, ich genieße es mit all meinen Sinnen, denn mittlerweile berührt auch meine Nase Ihre Zehen und ich sauge förmlich den wundervollen Duft in mich auf. Und Sie lassen mich nicht nur gewähren, sondern spielen vergnügt mit Ihren Zehen. Als Sie diese einmal kurz anheben und somit den Zehenbereich Ihrer mit Swarovski Kristallen verzierten Sandalette freigeben, küsse ich auch die Innensohle unter Ihren Zehen wie ein Verliebter. Den Staub, den ich dabei auf meinen Lippen schmecke, lässt mich erschaudern.

Gefolgt wird dieses Gefühl vom Gefühl der Scham, vor allem, weil das Pärchen nicht mehr an sich halten kann und nicht besonders laut, aber doch hörbar und nun auch dauerhaft kichert und sich auch ein - Oh mein Gott - als Kommentar nicht verkneifen kann.

Aber die Scham dauert nur kurz, sie wird sofort abgelöst von einem überwältigenden Glücksgefühl. In diesem Moment, in dem ich öffentlich Ihren Fuß wie ein Verliebter küsse, weiß ich, dass Sie bereit sind, mir zu gewähren, was ich am meisten wünsche. Für mich für immer absolut unerreichbar zu sein und mir zu gestatten, Sie als meine unnahbare Königin anbeten zu dürfen.

Und schließlich folgt das Gefühl des Stolzes. Der Stolz des Sklaven, der das ungeheure Glück hat, von der Frau erwählt worden zu sein, die er am meisten anbetet. Und der um die außerordentliche Gnade weiß, dass seine Devotion von seiner Angebeteten nicht nur toleriert, sondern auch erwartet wird.

Für das Pärchen dauert dieser Fußkuss keine 10 Sekunden und wahrscheinlich wird es sich an die ganze Szene schon bald nicht mehr erinnern. Doch für mich wird es für immer ein episches, zutiefst intensives Erlebnis bleiben, das ich nie vergessen werde.

Als ich Ihnen Ihren Lippenstift überreiche, als ob nichts außergewöhnliches davor passiert wäre, erkenne ich an Ihrem bezaubernden Lächeln, dass Sie wissen, welche Gefühlsexplosionen Sie bei mir ausgelöst haben. Und mit einem ganz leisen „Danke, Königin", gebe ich zu erkennen, welch großes Geschenk Sie mir damit gemacht haben. Aber ich fühle, dass Sie das auch ohne mein geflüstertes Dankeschön gewusst hätten.

Und wie schon so oft zuvor lockern Sie die angespannte Situation mit Ihrer wunderbaren Leichtigkeit auf, indem Sie mir Ihre Handtasche reichen und mich auffordern, Sie nun endlich zu Ihrer Limousine zu geleiten. Da ich mal wieder schwer von Begriff bin und nicht sofort reagiere, wiederholen Sie die Schlüsselworte: „Ludwig Beck – Chauffieren – S-Klasse-Limousine – klingelt da was?"

„Verzeihen Sie (und fast rutscht das - Lady Kim - hinterher, das Sie mich doch gebeten haben zu umschiffen, wenn andere zuhören) Signora. Natürlich weiß ich, dass ich Sie zum Marienplatz fahren soll, aber was bitte meinen Sie mit S-Klasse-Limousine?"

„Na, dein Auto da drüben. Das, das du wohl extra für mich ausgeliehen hast, du Dussel. Das, neben dem du gestanden bist, als du mich gesehen und mir zugewinkt hast. Meinetwegen hätte es dein alter Peugeot auch getan, aber die Limo entspricht dann doch eher meiner Stellung, zumindest denke ich, dass du das gedacht hast."

Immer noch verwirrt starre ich zuerst Sie an, dann rüber zu der Stelle, an der ich Sie heute das erste Mal erblickt habe, und endlich fällt der Groschen.

„Ah, Sie glauben, dieses Ungetüm von Auto ist Ihr Gefährt, in dem ich Sie zum Marienplatz fahren will? Ich hoffe, ich enttäusche Sie nicht, denn diesen Benz habe ich nicht ausgeliehen. Tatsächlich steht mein Mietwagen schon seit gestern Abend in der Tiefgarage am Marienplatz. Ich wollte auf Nummer sicher gehen, denn an Samstagen einen Parkplatz in der Stadt zu finden ist so gut wie unmöglich. Und außerdem dachte ich – "

Und weiter komme ich nicht, denn Sie fallen mir ins Wort. „Und wie kommen wir zum Marienplatz? Mit Bus und Bahn, mit dem Taxi? Verstehe mich bitte richtig, ich habe nichts dagegen, mit der U-Bahn zu fahren oder mit dem Taxi, aber ich habe mich schon so gefreut, dass DU mein Chauffeur sein wirst, nicht irgendein Bus- oder Taxifahrer. Ich habe mir das so schön vorgestellt, wie du mir die Türe öffnest, mir ins Auto hilfst, das alles wieder vor vielen und fremden Blicken und wie ich dich herumkommandiere, weil ich eine besondere Route wünsche oder dass du schneller oder langsamer oder vorsichtiger oder sportlicher fährst. Das alles wird jetzt nicht passieren."

Und ich sehe, wie aus Ihrer so wundervollen Freude Enttäuschung geworden ist.

„Aber Lady Kim, ich meine Signora, ich wollte Sie doch überraschen, indem ich Sie vor dem Einkaufen ein wenig herumführe durch das Schwabing meiner Jugend. Ich habe eine Route vorbereitet, deren Stationen Ihnen helfen soll, zu verstehen, warum ich niemals eine andere Stellung als meine jetzige einnehmen will, wenn Sie verstehen, was ich meine. Und wenige Stationen sind mit dem Auto erreichbar und die letzte Station ist dann am Marienplatz. Natürlich, nur, wenn Sie wollen, und um –"

Doch wieder lassen Sie mich nicht zu Ende reden. „Aber du wusstest doch, dass ich meine hohen Sandaletten anziehen werde! Glaubst du etwa, dass es eine gute Idee ist, wenn du mich darin durch ganz Schwabing bis zum Marienplatz laufen lässt?"

„Nein, das glaube ich nicht und deshalb will ich Sie ja chauffieren. Bitte, Signora, lassen Sie mich erklären und wenn es Ihnen nicht zusagt, können Sie mich aus Ihrem Dienst entlassen.

Ich versichere Ihnen, Sie werden keinen Schritt tun müssen, von hier bis zum Ludwig Beck, zumindest wenn Sie es nicht wollen. Und ich werde Ihnen selbstverständlich beim Ein- und Aussteigen behilflich sein. Und nur ich werde Sie höchstpersönlich chauffieren, das habe ich ja stundenlang extra so verhandelt. Und ich verspreche, Ihnen wird das Herumkommandieren Ihres Chauffeurs selten so viel Spaß gemacht haben wie heute, denn ich fürchte, oder hoffe, dass Sie bei Ihren Wünschen die Route betreffend keine Rücksicht auf Steigungen nehmen werden und ich ein - schneller - wesentlich häufiger zu hören bekomme als ein - langsamer -, und deute dabei mit ausladender Geste und beiden Händen auf die Rikscha, die bei den anderen Fahrrädern steht und die ich mir ausgeliehen habe. Sie ist ohne Fahrer drei Mal so teuer als mit.

Für einen Moment steht für mich die Erde still. Wie dumm von mir angeboten zu haben, dass Sie mich entlassen sollen, wenn Ihnen die Idee mit der Rikscha nicht zusagt.

Meine Entlassung wäre für Sie überhaupt kein Problem. Eine so wunderschöne, sinnliche und charismatische Frau mit so zauberhaftem Charakter wie Sie, eine wahre Königin eben, hat mit nur einem Fingerschnippen einen Hofstaat von Sklaven zu Ihren Füßen.

Für mich hingegen würde eine Welt zusammenbrechen. Ich bin Ihnen hörig, abhängig von Ihrem frohen Wesen, Ihrem Charisma, Ihren wundervoll erniedrigenden Aufgaben, Ihrer dominanten Führung, Ihren angebeteten Schuhen, Ihren göttlichen Füßen. Süchtig danach, Ihnen dienen zu dürfen, Ihnen zu Füßen liegen zu dürfen, mich für Sie erniedrigen zu dürfen. Sie sind mein Ideal, meine unnahbare und für immer unerreichbare Göttin, nach der ich schon mein ganzes Leben suche.

Nervös versuche ich, in Ihrem Gesicht zu lesen. Aber das Einzige, das ich sehe, ist, dass Sie mein Leiden erahnen. Ich bin kurz davor, mich allen Umstehenden zum Trotz vor Ihnen in den Staub zu werfen, Ihre Füße zu umfassen und Sie unter zahllosen Küssen auf Ihre Zehen anzuflehen, mich als Ihren Sklaven zu behalten. Und Ihnen zu versichern, dass ich innerhalb kürzester Zeit die größte Limousine beschaffen werde, um Sie direkt zum Marienplatz zu chauffieren. Und ich bettle wie um mein Leben um Ihre Vergebung und lasse alle Zuschauenden und Sie wissen, dass ich Ihnen hörig bin und ohne Sie verloren.

Doch, dann, eine Sekunde bevor ich mich Ihnen zu Füßen werfe, sehe ich ganz langsam Ihre Mundwinkel bewegen und endlich kommt Ihr wunderbares Lächeln zurück. Sie sagen zu mir und laut genug für alle, die um uns herumstehen: „Welch wunderbare Ideen du doch hast, Kai! Es ist nicht einfach, einen Bediensteten zu finden, der seine Herrschaft so entzückend überrascht wie Du. Bitte führe mich zu meiner Equipage und beginne mit deiner Tour, mein kleiner Chauffeur."

Gott wie glücklich ich bin! Obwohl ich schon wieder feststellen muss, wie sehr ich Ihnen aus der Hand fresse, wie sehr ich Ihnen absolut nicht gewachsen bin und wie teuflisch Sie mit mir spielen, merke ich doch, wie es Ihnen Spaß macht, mich zu manipulieren und mich immer weiter von Ihnen abhängig zu machen. Und bei Ihrem „welch wunderbare Ideen du doch hast" machte mein zuvor so geschundenes Sklavenherz einen Sprung und alles ist jetzt rosarot und die Welt so schön wie selten zuvor.

Ich geleite Sie zur Rikscha und helfe Ihnen beim Einsteigen. Mit einem schelmischen Grinsen und wohl wissend, dass nicht nur das Pärchen uns beobachtet, fragen Sie mich, ob ich eine Decke hätte, die Ihre nackten Füße wärmt. Da ich natürlich keine Decke habe, biete ich Ihnen mein Sakko an und lege es Ihnen zu Füßen.

So stolz ein Sklave nur sein kann, chauffiere ich meine wunderbare Königin Kim die nach Ihr benannte Straße bis vor zur Veterinärstraße und biege dann links ab in den Englischen Garten.

Ein später Vormittag an einem sonnigen Samstag im Mai, es ist logisch, wir sind nicht allein. Doch meine erste Station führt uns weg von den Menschenmassen. Sie ist nicht am Eisbach oder Monopteros oder am Chinesischen Turm, sondern in einer zauberhaften

Gegend, wo nur gelegentlich Jogger oder Fußgänger unterwegs sind. Als wir am Ziel ankommen, sind wir ganz unter uns, so wie damals.

„Lady Kim, bitte. Hier, diese Parkbank ist das Ziel der ersten Station. Ich war hier vor vielen Jahren noch bevor ich nach München zum Studieren zog. Es war wohl im vorletzten Jahr vor dem Abitur. Mit meiner ersten Angebeteten, von der ich Ihnen schon erzählt habe. Wie Sie wissen, war ich unsterblich in sie verliebt und habe den Boden angebetet, auf dem sie ging. Und sie ließ mich mit meinen Schwärmereien gewähren und hatte mich gerne um sich herum. Sie spielte mit meiner Devotion, doch nur ansatzweise, ohne mich wirklich zu dominieren. Und sie hatte natürlich noch andere Verehrer. Ich war immer todunglücklich, wenn sie mit anderen ausging anstatt mit mir. Und das, obwohl ich einsah, dass ich kein adäquater Partner für sie sein konnte. Zu unerreichbar war sie, vielleicht nicht wegen ihrer Schönheit – auch wenn sie wunderschön war – sondern wegen ihres Intellektes und vor allem wegen ihrer Vorstellung von ihrer Zukunft. Mit knapp 20 hatte sie bereits sehr konkrete Pläne, wie ihre Zukunft aussehen sollte und es war offensichtlich, dass ich ihre Vorstellungen nicht erfüllen konnte. Und dennoch, so hoffnungslos es auch war, die Qual, sie mit anderen zu sehen, war größer. Deshalb fasste ich mir eines Tages, an dem fast unsere ganze Clique schon am Morgen nach München fuhr, um am Abend ein Musical zu besuchen, all meinen Mut und fragte sie, ob sie mit mir in den Englischen Garten gehen wolle, denn ich hätte etwas mit ihr zu besprechen. Obwohl sie natürlich ahnte, so wie alle unsere Freunde, wie unsterblich ich in sie verliebt war, wollte ich ihr offiziell meine Liebe gestehen und sie bitten, mit mir eine Partnerschaft einzugehen. Und ihr beichten, wie sehr ich sie anbete und ihr als Zeichen meiner Verehrung ihren Fuß küssen, wie ich es in meinen Träumen schon so unzählige Male gemacht hatte.

Ich weiß noch, wie heiß es an diesem Tag war, und dass wir ein gutes Stück zu Fuß gingen, bis wir hier an eine dieser Parkbänke kamen. Und ich erinnere mich noch gut an ihre Schuhe, die sie an diesem Tag wie schon so oft zuvor barfuß trug (denn ich hatte diese Schuhe bei jeder Gelegenheit heimlich angebetet). Und daran, dass das Leder ihrer Schuhe innen etwas abfärbte, so wie die lederne Innensohle auch.

Als wir also hier ankamen, bat ich sie, auf der Parkbank Platz zu nehmen und als sie sich hingesetzt hatte, setzte ich mich nicht neben ihr, sondern vor ihr in den Staub. Mit all meinen Mut nahm ich einen ihrer so angebeteten Füße in die Hand und zog ihr den Schuh aus. Ihre Zehen, ihre Verse und ihre Fußsohle hatten leichte Abfärbungen vom Leder, denn durch die Hitze waren ihre Füße dezent verschwitzt. Es war ihr peinlich, denke ich, denn sie entzog mir den Fuß und schlüpfte wieder zurück in ihren Schuh. Und obwohl ich mir in meinem ganzen jungen Leben noch nichts sehnlicher wünschte, als ihren verschwitzten Fuß ergebenst zu küssen und zu reinigen, akzeptierte ich natürlich ihre Entscheidung. Zu ihr hinaufblickend begann ich, ihr zu erklären, wie wundervoll sie sei und wie froh ich wäre mit ihr meine Zeit zu verbringen. Dabei berührte ich ihre Füße und streichelte sie ergeben und zärtlich und sie ließ mich gewähren. Ich pries ihre Intelligenz, versicherte ihr, sie werde bestimmt ein ausgezeichnetes Abitur schreiben und eine großartige Karriere machen. Von diesem Moment an übernahm sie die Kontrolle über unsere Unterhaltung. Obwohl ich mir ja vorgenommen hatte, ihr meine Liebe offiziell zu gestehen, überließ ich es ihr zu sprechen und ich hörte fasziniert zu. Ich kann mich nicht mehr an Details erinnern, aber sie sprach von ihren Träumen, von Karriere, von gesellschaftlichem Einfluss, aber nicht des Reichtums willen, sondern um verändern zu können. Und von den Schwierigkeiten, ihre Träume zu verwirklichen, denn Frauen hatten zu der Zeit bei weitem nicht die gleichen Möglichkeiten wie Männer. Sie sprach von Simone de Beauvoir, von Feminismus, von Gleichberechtigung und davon, dass sie mit ihrem gesellschaftlichen Status nichts verändern könne. Nun ja, ich schweife ab, Lady Kim, verzeihen Sie bitte."

„Hast du ihr an diesem Tag gesagt, dass du sie liebst und anbetest und ihr Partner werden willst?"

„Nein, Lady Kim, das habe ich nicht, jedenfalls nicht explizit. Aber ich habe ihr gesagt, wie wundervoll sie ist, wie sehr ich sie bewundere und dass sie bestimmt ihre Träume erfüllen wird und ich immer an ihrer Seite sein werde, um sie zu unterstützen. Und es war ihr klar, dass ich sie liebe und anbete, ich sah es ihrem Blick, wie sie auf mich herunter sah während ihres Monologs, auf ihren treuen Anbeter, der vor ihr im Staub die ganze Zeit ihre verschwitzten Füße gestreichelt hat und mit dem sie ihre gewünschte gesellschaftliche Stellung niemals erreichen könne."

„Du bist dumm, mein Lieber, woher willst du das wissen? Ihr Männer seht immer alles in unseren Blicken. Ihr könnt uns lesen, denkt ihr, aber in Wahrheit wisst ihr nichts."

„Lady Kim, glauben sie mir, ich weiß es. Am späten Nachmittag, als wir zurück zu den anderen aus unserer Clique kamen, wusch sie sich ihre Füße im Brunnen am Stachus, was sehr viel Eindruck auf mich machte, wie Sie sich denken können. Und dann ging sie direkt zu einem unserer Freunde, legte seine Arme um sich und küsste ihn. Sie brach mir damit mein Herz.

Dieser Freund war der Sohn eines adeligen Politikers, mit dem sie dann in einer jahrelangen Beziehung war.

Natürlich hätte sie ihn auch ohne unsere Episode auf dieser Parkbank erobert, aber der Auslöser, dass es an diesem Abend geschah, war mein Schmachten nach ihr, im Staub vor ihr sitzend, ihre Füße massierend."

„Hast du ihr ihre Füße geküsst, auf der Parkbank, so wie du es dir vorgenommen hast?"

„Nein, Lady Kim, nicht an diesem Tag. Die Beziehung hielt ein paar Jahre und ich blieb während der Zeit mit beiden befreundet. Daher mag ich auch das Café Reitschule nicht besonders, denn ich verbrachte einige Abende dort zusammen mit den beiden und unseren anderen Freunden. Ich litt jedes Mal wie ein Hund. Aber letzten Endes gingen wir alle unsere eigenen Wege und ich habe sie seit ihrer Trennung nicht wieder gesehen. Doch sie hat mich sehr geprägt und ich habe sie bis heute nicht vergessen."

„Ich bleibe dabei, du bist dumm! Du hättest ihr sagen sollen und auch tun sollen, was du dir vorgenommen hast. Und mehr noch, du hättest sie bitten sollen, ihre Füße säubern zu dürfen, dich ihr als ihr Sklave anbieten sollen. Niemand weiß, was passiert wäre! Möglich, sie hätte sich diesen anderen Fuzzi trotzdem geangelt, aber ist es wirklich so unmöglich, dass sie angetan von deiner Devotion dich erwählt hätte?" Als Sie sehen, wie ich Sie fassungslos anschaue, fahren Sie fort. „Und selbst, wenn nichts anders geworden wäre, denkst du nicht manchmal daran, wie es sich angefühlt hätte, wenn du ihr die Füße geküsst und gesäubert hättest und ihr dabei deine Liebe gestanden hättest?" Sie sehen, wie ich stumm nicke. Doch schon befehlen Sie mir, ich solle Ihnen aus der Rikscha helfen. Während Sie zur Bank gehen, wirbeln Sie mit jedem Schritt extra Staub auf. Als sie sitzen, fragen Sie: „Willst du dich nicht neben mich setzen? Warum sind wir eigentlich hier? Wieso wolltest du mich hier in dieser romantischen Kulisse alleine sprechen?"

Ich verstehe und setze mich zu Ihren Füßen, streife Ihre Sandalette ab und halte Ihren herrlichen Fuß in Händen, den Sie beim Gehen zur Bank absichtlich staubig gemacht haben. Sie entziehen ihn mir augenblicklich und setzen ihn zurück in Ihre Sandalette. Ich berühre Ihren Fuß, streichle ihn sacht, aber wage es nicht, ihn erneut in meine Hand zu nehmen.

„Schau mich an, Untertan!", befehlen Sie in mitfühlendem Ton. Mit einem gütigen Lächeln streichen Sie durch meine Haare und fahren fort. „Wenn du deine Gelegenheiten nicht ergreifst, wirst du nie erleben, wonach du dich am meisten sehnst! Du willst mir meinen Fuß säubern? Das sehe ich an deinem Blick, denn du bist tatsächlich ein offenes Buch, mein Lieber. So wie du ihren verschwitzten Fuß damals säubern wolltest. Ich habe dir den Fuß entzogen, aber was spricht dagegen, dass du mich bittest? Was kann passieren? Mehr als nein kann ich nicht sagen und hätte sie damals auch nicht sagen können."

Und wie zuvor schieben Sie provokant Ihren Fuß nach vorne. Ich kann nicht anders als Sie anzuflehen. „Bitte Lady Kim, erlauben Sie mir bitte Ihre Füße zu säubern." Als Sie nicht reagieren, sondern nur mit Ihrem bezaubernden Lächeln mich weiterhin ansehen, weiß ich, dass ich es besser kann, dass die Intensität meines Flehens der Intensität meiner Sehnsucht entsprechen muss und beginne erneut.

„Lady Kim, ich flehe aus tiefstem Herzen, bitte lassen Sie mich Ihre Füße säubern. Ich bete den Boden unter Ihren Füßen an. Sie sind mein Ideal, meine Königin. Ich bin abhängig von Ihrer Nähe, abhängig, mich Ihnen zu unterwerfen. Meine gesamte Existenz liegt Ihnen zu Füßen. Alles, was ich jemals sein will, ist Ihr Sklave zu sein. Alles, was ich jemals sein kann, ist Ihr Eigentum. Bitte, Lady Kim, erbarmen Sie sich, bitte retten Sie mich, denn ohne Sie bin ich nichts. Bitte erlauben Sie mir als Zeichen meiner Anbetung, Ihre Füße vom Staub zu befreien, nichts ersehne ich mehr, nichts habe ich jemals mehr ersehnt."

Dabei greife nochmals nach Ihrem Fuß und nehme ihn in die Hand. Dieses Mal lassen Sie mich gewähren. Und nachdem ich zunächst devote, zärtliche Küsse auf Ihren Spann, Ihre Ferse, Ihre Sohle und schließlich auf Ihre Zehen hauche, nehme ich anschließend jeden Ihrer göttlichen Zehen einzeln in meinen Mund. Ich schmecke den Staub und Ihr wundervolles Aroma und ich blicke Ihnen dabei in die Augen. Sie sehen hoffentlich meine Dankbarkeit. Dafür, mich erwählt zu haben. Dafür, mich zu führen. Dafür, mich zu formen - Danke Königin Kim, Vielen Dank für alles!!!"

Lady Kim

„Und dennoch, ich finde, es reicht für den Moment mit deinen Huldbekundungen und der Schwermut an diesem wunderschönen Tag. Nun zieh mit bitte meine

Schuhe wieder an. Wir sollten weiterziehen!"

Ich erhebe mich und schlendere wieder auf die Rikscha zu. Das junge Laub einer Weide hängt tief in den Weg und aus irgendeiner Laune breche ich einen längeren Zweig ab.

Leichtfüßig springe ich auf den Rücksitz und auch mein kleiner Untertan nimmt an den Pedalen wieder Platz.

„Dann aufs Neue! Lauf Lakai und bring mich zu unserem nächsten Halt!" Zack - gab ich ihm lachend einen mittelstarken Hieb mit dem Wipfel.

Kai

Wieder ist es Ihre wundervolle Frohnatur, welche die ernste Situation auflockert. Und wie schon so oft zuvor springt Ihr Esprit sofort auf mich über. Ich verspüre zum ersten Mal so etwas wie Glück, von meiner ersten Angebeteten nicht erwählt worden zu sein, denn sonst hätte ich Sie wahrscheinlich nie kennengelernt. Lady Kim, meine Königin, die so bezaubernd, charismatisch, wunderschön, dominant, lebensfroh und unerreichbar mein Ideal verkörpert, dem ich zu Füßen liegen will.

Völlig ungezwungen, als hätte meine Beichte nie stattgefunden, als hätte ich mich nicht zutiefst vor Ihnen erniedrigt, springen Sie in Richtung Rikscha, brechen unterwegs noch einen Zweig ab, mit dem Sie mich sodann zusammen mit - Los, lauf mein Lakai -, zur Weiterfahrt antreiben. Dass wieder einmal ein junges Pärchen in der Nähe steht, dessen Lächerlichkeit Sie mich preisgeben, stört Sie dabei natürlich nicht. Und ich weiß nicht, was mich mehr antreibt, richtig Gas zu geben – die Angst vor dem nächsten Hieb oder dem Lachen des Pärchens so schnell wie möglich zu entkommen. Doch der wirkliche Grund ist, Ihnen meine Motivation zu beweisen, als Ihr glückliches Eigentum jeden Ihrer Befehle voller Dankbarkeit zu befolgen.

Nachdem ich anfänglich Tempo aufgenommen habe, bremsen Sie mich, ebenfalls mit einem Hieb mit der Rute, denn Sie wollen doch die schöne Atmosphäre aufnehmen, wie Sie so schön sagen. Also fahre ich gemütlich den Weg zurück zur Veterinärstrasse, überquere die Ludwigstraße und parke vor dem Brunnen am Geschwister-Scholl-Platz vor dem Hauptgebäude der Universität, unserer nächsten Station.

Studenten tummeln sich auf dem Platz und auch der Obststand bietet an der gleichen Stelle seine Waren feil wie damals zu meiner Studentenzeit.

„Signora, darf ich bitten? Ich würde Ihnen gerne das Gebäude zeigen und Sie mit auf eine Reise nehmen, die vor vielen Jahren begann, und die mich vom Landei zu dem Mensch geformt hat, der ich heute bin.

Sie lassen mich Ihnen aus der Rikscha helfen und ich führe Sie in die Aula. Sofort kommen die schönen Erinnerungen zurück an all die tollen Personen, mit denen ich das Glück hatte, diese Zeit teilen zu dürfen. Ida, Lea, oh mein Gott, wie peinlich ich zu Beginn war. Und all die Clubs und Bars und Biergärten und privaten Partys und alles das Neue, das auf mich einprasselte.

Und ich bitte Sie, auf einer Bank in der großen Halle der Aula Platz zu nehmen und beginne mit meiner Erzählung.

Ida

„Verehrte Königin Kim, hier habe ich mein Studium begonnen. Zu Beginn wohnte ich noch nicht in München, doch bereits nach den ersten Tagen war klar, dass ich die Uni und die Großstadt lieben werde.

Denn ich stellte mit Freude zwei Tatsachen fest:

Erstens, in München leben wundervoll verrückte, bunte und vielfältige Menschen! Und zweitens, sehr wichtig nach meiner unerfüllten Liebe, die mich noch immer quälte, andere Mütter haben auch anbetungswürdige Töchter!

So saß in einem der ersten Seminare eine junge Frau ein paar Plätze von mir entfernt, mit langen dunklen Haare und einem freundlichen und schönem Gesicht. Anhand der Beiträge, die sie zum Seminar beisteuerte, wohl auch blitzgescheit. Ich, stumm wie ein Fisch und viel zu schüchtern, um irgendetwas beizutragen, sondierte die Lage, also die weiblichen Seminarteilnehmer – und davon gab es reichlich – und konnte nicht anders, als sie immer wieder anzusehen, wohl auch, weil sie immer wieder mich ansah. Nach dem Seminar sprach sie mich an, und ehe ich mich versah, gingen wir etwas essen und ich hatte daraufhin mein erstes Date mit jemandem außerhalb meines alten Freundeskreises. Sie können sich sicher vorstellen, Lady Kim, wie es in mir brodelte. Meine devote Seele wollte sich augenblicklich dieser bezaubernden jungen Frau unterwerfen, jedoch war es meine Chance zu einer normalen Vanilla Beziehung, und meine Schamgrenze, mich als devot zu offenbaren, war damals noch immens hoch. Ida sollte nichts von meiner Faszination für ihre Schuhe und Füße, meiner Vorliebe für Demut und Unterwerfung mitbekommen, zumindest nicht bei diesem Date, und so wie es sich herausstellte, auch nicht in diesem Jahr.

Ich besuchte sie also am kommenden Wochenende in ihrer Wohnung. Ich kann mich nicht mehr an alle Details erinnern, aber ich war ziemlich beeindruckt von der Wohnung. Nicht, weil sie sonderlich groß oder luxuriös war, sondern weil sie einen großartigen Panaromablick über Schwabing bot. Und obwohl ich mich bemühte, nicht zu sehr auf ihre Füße und Schuhe zu starren, erinnere ich mich bis heute an die Schuhe, die sie an dem Tag trug. Braune Lederstiefelletten mit Schnürsenkel, vorne mit Lochmuster. Einen Typ Schuhe, den ich bis heute verehre. Es war eine entspannte Atmosphäre, jedoch mit Nervosität auf beiden Seiten. Ida hatte für den Abend einen Kinobesuch geplant, und ich wollte sie anschließend in eine Disco ausführen.

Kino als Starter war natürlich ideal für ein in der Liebe ziemlich unerfahrenes Nervenbündel wie mich. Und ich liebte Kino! Ich war bestimmt einmal die Woche im Kino. Ich sah mich also bestens gerüstet für ein Gespräch nach dem Film, in dem ich mir sicher war, Ida mit meinem Wissen über Hollywood zu beeindrucken! Den Film, den sie aussuchte, kannte ich aber nicht. Auch das Programmkino, in das wir gingen, war wesentlich kleiner als die Kinos, die ich in München kannte. Und der Kinofilm mit der meisten Erotik, den ich bis zu diesem Tag gesehen hatte, war Dirty Dancing gewesen. Diese Tanzszenen, und vor allem diese Tanzschuhe der wunderbaren Jennifer Grey, oh wie ich diesen Film liebe. Doch an diesem Abend wurde mir bewusst, wie sehr ich doch ein naives Landei war! Der Titel des Films, den Ida für uns ausgewählt hatte, war

Belle de Jour, mit der atemberaubenden Catherine Deneuve und Michel Piccoli in den Hauptrollen. Sie können sich nicht vorstellen, Lady Kim, wie mich bereits die ersten Szenen verwirrten. Ich hatte mit vielem gerechnet, mir insgeheim eine romantische Komödie gewünscht, schlimmstenfalls eine langweilige Literaturverfilmung befürchtet, doch bestimmt nicht einen Klassiker des französischen erotischen Films. Bei der Bediensteten-Szene ging anfangs ein - och wie süß - Raunen durch den spärlich besetzten Kinosaal, und auch Ida reagierte ähnlich. Mir hingegen stockte der Atem, als ich kurz darauf die Trampling-Szene sah und das Wimmern und das Flehen aus dem Off hörte."

„Was denkst du, warum hat dich Ida in diesen Film geschleppt?", unterbrechen Sie meinen Monolog. „Es geht in dem Film im Grunde doch um eine Frau, die ihre devote, masochistische Neigung erkennt und beginnt, diese auszuleben. Denkst du, deine Ida hatte devote Neigungen?"

„Ich weiß es wirklich nicht, Lady Kim, und ich will auch nicht spekulieren. Nach dem Film war das aber bestimmt kein Gedanke.
Alles was ich dachte war, dass mein schöner Plan dahin war, mit Ida über Jodie Foster's und Anthony Hopkins Oscar-prämierten Leistungen in „Das Schweigen der Lämmer" zu sprechen. Ich konnte also nicht glänzen mit einem Diskurs über das Pro und Contra von

Kannibalismus, über die Ausbildungsmethoden des FBI, über den psychologischen Aspekt von Massenmord. Im Nachhinein war es wohl gut so. Was meinen Sie, Lady Kim?"

Mit einem „Ja, vermutlich war es gut so, du Dummie", kicken Sie mit Ihrem Fuß vergnügt und nicht unsanft gegen mein Schienbein und warnen mich mit einem bezaubernden Lächeln, Sie besser nicht zu veräppeln und Ihre Frage zu beantworten.

„Na ja, Lady Kim, ich habe wirklich keine Ahnung, aber dominant war sie jedenfalls nicht." Immer noch mit demselben Grinsen kicken Sie mit Ihrem Fuß gegen mein anderes Schienbein und befehlen fröhlich. „Los Lakai, weiter im Text! Ich höre!"

„Nun, wir überbrückten die Zeit bis zur Disco mit Spazierengehen in Schwabing. Es war schön mit Ida, ich habe ihre Gegenwart sehr genossen."

„Warst du in sie verliebt?", fallen Sie mir sofort ins Wort und holen schon wieder drohend mit Ihrem Bein aus.

„Verliebt wohl nicht, aber geschmeichelt. Eine klasse Frau wie Ida geht mit mir durch Schwabing, das hatte schon was. Später in der Disco war es nicht weniger schön, wir tanzten, tranken und hatten mächtig Spaß."

„Was dann? Hast du sie geküsst? Erzähl schon! Oder soll ich dir wieder gegen dein Schienbein treten?"

Plötzlich verschwindet mein Lachen, ich schlucke hörbar, und antworte ernst. „Nein, ich habe sie nicht geküsst, Lady Kim" und fahre nach einer langen Pause in sehr traurigem Tonfall fort – triumphierend, denn ich sehe dabei in Ihr wunderbar enttäuschtes Gesicht „...aber Ida mich, und zwar sehr, sehr innig."

„Du Schuft! Ich sollte dich sofort auf Knien um Verzeihung bitten lassen für deine Unverschämtheit, deine Königin so hinters Licht zu führen!", rufen Sie vergnügt, empört, natürlich laut genug, damit es die gerade vorbeigehende Gruppe Studentinnen gut hören kann.

Selbstverständlich ist es mir peinlich, doch in den Boden versinken, wie schon so viele Male zuvor, will ich nicht. „Und überhaupt, das war es mir wert, endlich habe ich Sie auch mal erwischt", bin ich kurz davor zu sagen, belasse es aber dann doch beim Gedanken.

„Und was dann? Erzähl schon, na wird's bald!", treiben Sie mich an.

„Nun, wir hatten einen schönen Abend, und ich brachte sie nach Hause und küsste ihr zum Abschied die Hand. Das muss reichen, Lady Kim, ich werde nicht ins Detail gehen, auch wenn Sie mich mit Ihrer Peitsche auspeitschen würden! Insgesamt war es eine sehr kurze, unschuldige Beziehung, die wir in beiderseitigem Einvernehmen beendeten. Und mir machte es deutlich, dass es andere wundervolle Frauen gibt, die Interesse an mir haben. Aber auch, dass mir, so zauberhaft Ida auch war, in einer Vanilla-Beziehung ohne dominierenden Partner etwas Wesentliches fehlen würde.

Denn was ich wohl letztendlich bei Ida vermisste, war, dass sie nicht meine unnahbare Königin, sondern eine nahbare Traumfrau war. Und sie spürte wohl auch, dass mir etwas fehlte, doch ich bezweifle, dass sie meine devote Ader durchschaut hatte, jedenfalls noch nicht zu diesem Zeitpunkt.

Lea

„Etwas später lernte ich eine weitere Studentin kennen. Anders als Ida, die wundervoll war, war Lea in allem ein Stückchen mehr. Schöner, energischer, verführerischer, anspruchsvoller, eine regelrechte Schönheit! Schulterlange blonde Haare, ein wunderschönes Gesicht, eine traumhafte Figur, modisch gekleidet und – wichtig für mich – wunderschöne Füße und tolle Schuhe. Mit einem Wort: Eine Göttin. Der Typ Frau, den selbstbewusste Männer wie Motten ums Licht umschwärmten, und schüchterne Typen wie ich aus der Ferne anschmachten.

Doch Lea war auch insofern anders, als dass sie sehr offen auf andere zuging, und so war auch sie es, die mich nach einem Seminar ansprach, und mich fragte, ob wir etwas trinken gehen wollen. Ich fühlte mich geschmeichelt und machte wohl meine Sache nicht schlecht, denn im Folgenden gingen wir oft aus, doch selten allein. Auch, dass ich zu der Zeit noch nicht in München wohnte, machte die Sache nicht einfacher. Manchmal übernachtete ich zusammen mit ihren anderen Freunden bei ihr in Schwabing, natürlich auf dem Fußboden neben ihrem Bett. Jedes Mal musste ich mich überwinden, nicht ihren Schuhen zu huldigen, während sie und die anderen schliefen. Manchmal erlag ich meinem Verlangen und küsste ihre Schuhe, doch der große Kick blieb immer aus. Denn eigentlich war es auch einzig ihre Schönheit, die ich verehrte, und nicht ihr Wesen.

Sie war absolut schön, und sie wusste es, und so verhielt sie sich manchmal wie eine Diva. Ich glaube, sie hatte in ihrem Leben immer alles bekommen, was sie wollte. Dieses divenhafte Verhalten verfehlte natürlich seine Wirkung bei mir nicht, denn niedere Dienste für eine wunderschöne, verwöhnte Prinzessin zu übernehmen, für die sie sich selbst zu fein fühlt, ist im Portfolio von vielen Submissiven. Sie war für mich unerreichbar, keine Frage, doch nur ihre Schönheit vergötterte ich, nicht aber ihren verwöhnten Charakter."

Nach diesem ersten Semester zog ich dann nach München und war noch mehr mit ihr zusammen. Dann fragte sie mich, ob ich sie übers Wochenende zu einer Studentenverbindungstagung in Köln begleiten würde.

„Sie können sich sicher vorstellen, Lady Kim, wie geschmeichelt ich war, dass diese absolute Schönheit nicht mit einem anderen ihrer zahllosen Verehrer nach Köln fahren wollte. Wir verabredeten uns am Bahnsteig in München. Ich hatte in einem kleinen Rucksack meine Habseligkeiten fürs Wochenende, Lea führte hingegen ganz Diva einen riesigen Koffer mit sich. Und wie atemberaubend sie aussah! Sie trug ein bezauberndes Sommerkleid und ihre Füße zierten flache schwarze Pumps, die sie barfuß trug.

Nie zuvor sah sie schöner aus als an diesem Tag. Und ich merkte bald, dass mein Geheimnis der Devotion gefährdet war, gelüftet zu werden, denn ich fantasierte sofort, vor Lea auf die Knie zu sinken, um ihr ihre fantastischen Pumps zur Begrüßung zu küssen. Doch ich konnte mich beherrschen. Noch!

Ihre atemberaubende Erscheinung ließ mich sofort zum perfekten Kavalier werden. Ich machte ihr augenblicklich überschwängliche Komplimente, trug ihr Ungetüm von einem Koffer, öffnete ihr galant die Türe zum Zug, und reinigte die Sitzfläche ihres Platzes, bevor sie sich setzte. Auch während der Fahrt machte ich ihr Komplimente, sagte ihr, wie wunderschön sie aussah und wie modisch und en vogue ihr Style war. Ich musste mich regelrecht zwingen, nicht ununterbrochen auf ihre Füße zu starren, denn sie spielte mit ihren Pumps, schlüpfte immer mal wieder aus einem Schuh oder ließ ihn lasziv an den Zehen baumeln.

Wir unterhielten uns fast ausschließlich über sie, ihr Leben in München, ihre Freunde, ihre Partner, über ihre Probleme, welche eigentlich keine waren. Je mehr Lea sprach, desto klarer wurde mir, dass uns Welten trennten. Ihre Probleme waren alles Kleinigkeiten. Meistens sprach sie von ihren Beziehungsproblemen, aber sie ließ sich auch immer wieder mit den gleichen Typen ein. Obwohl Lea stets betonte, dass diese gutaussehend, erfolgreich, ehrgeizig und zielstrebig waren, kamen sie mir immer blass, oberflächlich, langweilig und eindimensional vor.

Vom ersten Tag an war klar, Lea und ich würden niemals ein Paar, denn ihr war ich zu wenig glamourös und mir war sie zu oberflächlich. Bis zu diesem Zeitpunkt fantasierte ich immer, wie es wäre, dieser Schönheit zu dienen. Wie es wäre, wenn ich ihr anbieten würde, für sie Besorgungen zu machen, oder ihre Wohnung zu putzen, weil sie wegen „ach so viel Stress an der Uni gar keine Zeit für diese banalen Dinge hatte".

Diese Vorstellung war immer sehr faszinierend, Lady Kim, doch damals in diesem Abteil verblasste diese Faszination mehr und mehr mit jedem Satz."

„Also gab es kein devotes Erlebnis mit Lea?", fragen Sie ein wenig überrascht. „Weil sie nicht der Typ Frau war, den du anbeten und vergöttern kannst?"

„Ja, Lea war in der Tat keine Frau, die ich komplett bewundern konnte. Die ich auf einen Sockel stellte und der ich mich zu unterwerfen sehnte. Keine, die mich durch ihr Wesen, ihren Charakter, ihre Spontanität, ihre Kreativität, ihre Intelligenz oder durch ihr Charisma in die Knie zwingen konnte. Unnahbar war sie für mich zweifellos wegen ihrer außergewöhnlichen Schönheit, doch ich verzehrte mich auch nicht nach ihrer Nähe. Ich weiß nicht, ob Sie mich verstehen, Lady Kim, ich kann es nicht besser ausdrücken. Schönheit allein ist nicht, was ich anbete und vergöttere. Wenn ich ein Wort nennen müsste, das mir als erstes in den Sinn kommt, um auszudrücken, was eine Frau zu meiner Göttin macht, nach der ich mich verzehre und der ich mich uneingeschränkt zu unterwerfen sehne, hätte ich bis vor kurzem wohl - Charisma - gewählt."

„Bis vor kurzem?" , fragen Sie erstaunt, „Und welches Wort kommt dir jetzt in den Sinn, um auszudrücken, was eine Frau zu deiner absoluten Göttin macht?"

„Weniger ein Wort, Lady Kim, mehr ein Name. Ihr

Name! Nicht 'Charisma' kommt mir als erstes in den Sinn, sondern 'Kim'."

„Aber ein kleines devotes Erlebnis gab es mit ihr dann doch, denn wie Sie vielleicht wissen, ist bei Männern der Geist oft willig, aber das Fleisch außerordentlich schwach.

Wir kamen Freitagnachmittag an und ich blieb natürlich Kavalier, half Lea mit dem Koffer, öffnete die Tür, aber vermied weitere Komplimente. Es war mir einfach kein Bedürfnis, mich ihr zu unterwerfen, wenn ich es auch nicht vermeiden konnte, ihre Füße zu bewundern. Wir trieben uns in Köln herum, sahen den Dom, kauften coole Klamotten in coolen Second Hand Läden und hatten viel Spaß. Denn Lea konnte durchaus ihre Divenhaftigkeit ablegen und war in diesen Momenten eine zauberhafte und durchwegs angenehme Begleitung.

Am Abend waren wir dann essen und in ein paar Pubs. Lea erzählte von einer Freundin, „Zu der ist auf einer Studentenparty ein Typ gekommen, der anstatt mit ihr zu flirten fragte, ob er ihr die Schuhe und Füße küssen darf. Ein Wildfremder! Auf einer öffentlichen Party! Kannst du dir das vorstellen?"

Und halb betrunken, halb versonnen, antwortete ich Idiot „Ja Lea, sehr gut sogar!"

„Echt jetzt? Ihr Männer seid doch echt nicht normal!"
Sie begann zu kichern und aufreizend mit ihrem Fuß zu
kreisen und fragte scherzend „Also, wenn du dir das so
gut vorstellen kannst, dann na wie wär's?"

Oh, wie gefährlich diese Situation war, denn obwohl
nicht meine Göttin, waren ihre Füße viel zu schön, um
sie zu ignorieren! Denn Lady Kim –", lachend fallen Sie
mir ins Wort und vervollständigen unter Kreisen Ihres
so fantastischen Fußes "Das Fleisch ist schwach!" Zu
allem Überfluss legen Sie mit einer eleganten Drehung
beide Beine auf meinen Schoß und schicken mit einem
extrem unschuldigen Lächeln ein „Na, wie wär's?",
hinterher. Und anders als damals bei Lea kann ich nicht
widerstehen und nehme trotz der Umstehenden einen
Ihrer Füße ehrfürchtig in meine Hände. Ich hauche
erneut einen ergebenen Kuss auf Ihre Zehen, die durch
das Funkeln der nahen Swarovski-Kristalle Ihrer
Sandalette so erhaben und königlich erscheinen.

„Schon gut, mein verliebter Lakai, ich kann gut
verstehen, dass du der Einladung meines Fußes nicht
widerstehen kannst, aber ein wenig Selbstbeherrschung
kann nicht schaden. Komm, und erzähl mir den Rest."

Es fällt mir so unglaublich schwer, meine Lippen von
Ihrem Fuß zu lösen, denn ich bin Ihnen schon wieder
komplett verfallen und wünsche mir in diesem Moment
nichts mehr, als Ihnen meine Ehrerbietung

entgegenzubringen und Ihnen auch in der Öffentlichkeit zu zeigen, dass ich stolz bin, Ihr Fußanbeter sein zu dürfen. Doch natürlich folge ich Ihrer Anweisung und löse meine verliebten Lippen von Ihren Zehen, kann aber nicht umhin, Ihren Fuß weiterhin in Händen zu halten und zärtlich zu streicheln, während ich mit meiner Erzählung fortfahre.

„Anders als bei Ihnen, Lady Kim, konnte ich damals bei Lea noch widerstehen. Doch sie ließ nicht locker, nicht an diesem Abend, der bald darauf zu Ende ging und auch nicht am nächsten Tag, an dem mehrere langweilige Vorträge dieser Studentenverbindung folgten, und der am Abend in einer großen Party enden sollte. Während des ganzen Tages spielte Lea mit ihren Schuhen, wieder die gleichen flachen Pumps, die sie wieder barfuß trug. Sie ließ sie an den Zehen baumeln, manchmal auch fallen, legte ihre nackten Füße hoch, ging barfuß. Und ich kam natürlich nicht umhin, dieses Spiel fasziniert zu beobachten und war mir sicher, sie tat das als Reaktion auf meine dämliche, aber halt auch ehrliche Antwort 'Ja, das kann ich mir sehr gut vorstellen.'

„Aber jetzt nach so vielen Jahren denke ich, dass es auch gut möglich ist, dass ich mir das alles nur eingebildet habe und sie mich nicht geteast hat, Lady Kim." Wie automatisch, ohne nachzudenken, ohne es überhaupt bewusst wahrzunehmen, führe ich Ihren Fuß wie selbstverständlich wieder an meine Lippen und küsse ihn andächtig, diesmal den Rist, um dann mit dem Streicheln und der Erzählung fortzufahren.

„Jedenfalls bröckelte dann am Abend auf der Party mein Widerstand bedenklich, mich ihr zu Füßen zu werfen. Mit jeder Stunde, mit jeder Bewegung ihrer Füße, mit jedem Bier. Anfangs kniete ich mich nur kurz vor sie hin, jedes Mal, wenn es eine neue Gelegenheit gab. Zum Beispiel, wenn ich neue Getränke für uns holte, oder sie von der Tanzfläche zurückkam, oder von der Toilette, oder sie kurz weg war, um mit irgendeinem Typen zu flirten. Jedes Mal, wenn ich sie neu zu Gesicht bekam, fiel ich vor ihr auf die Knie, nur ganz kurz, um gleich wieder aufzustehen. Und weil sie und alle anderen genauso betrunken war wie ich, - na gut, fast so betrunken wie ich - ging das im ganzen Trubel unter. Auch niemand von den Umstehenden schenkte diesen Szenen Beachtung. Je später es und je betrunkener ich wurde, desto selbstverständlicher wurde dieses Ritual. Und da Lea auch am Ende breit wie ein Haus war, dachte ich, sie wird sich sowieso an nichts erinnern.
Und trotz Unmengen an Alkohol, trotz größter Versuchung, ich blieb standhaft, Lady Kim, und es blieb beim Knien und kein Schuh und Fuß wurde geküsst, zumindest glaubte ich das. Und ich war stolz auf meine Widerstandskraft, als ich am nächsten Morgen mit

einem Riesenkater aufwachte. Cool schlenderte ich zum Frühstücksraum und sah Lea an einem Tisch sich angeregt mit einer Frau unterhalten. Als ob rein gar nichts passiert wäre sagte ich dort angekommen noch cooler „Na, das war eine wilde Party gestern. Ich war selten so betrunken und kann mich an nichts erinnern. Ich hoffe, ich habe im Suff nichts Dämliches angestellt."

„Na ja, nichts wirklich Schlimmes. Du bist halt immer wieder vor mir auf die Knie gegangen", sagte Lea. Und als eine der anderen Frauen am Tisch vergnügt kommentierte „Echt jetzt? Fehlt nur, dass er auch deine Schuhe geküsst hat!", antwortet nicht Lea, sondern die, mit der sie sich so angeregt unterhalten hatte. „Ganz genau das hat er getan und nicht nur ihre Schuhe, sondern auch meine."

Ohne nachzudenken und ziemlich cool antworte ich. „Hey Ida, du hier? Echt schön, dich wieder zu sehen."

Lady Kim's Story

Nachdenklich und schweigend verlassen wir die Aula der Universität. Wir treten kurz darauf wieder ins Freie. Auf dem weg zurück zur Rikscha blicke ich die Leopoldstraße entlang, während ich über die Worte meines Untertan nachdachte. „Komm Kai, setz dich mit mir hier auf diese Bank. Ich will dir meine Geschichte erzählen. Wie anders doch dein Weg war als der, den ich eingeschlagen habe. Musste ich lange nach meinem Traummann suchen? Nein, ich habe schon ganz früh gewusst, dass ich ihn vergöttere. Schon, als ich ihn das erste Mal sah, war es um mich geschehen. Ich war jung - erst 14 Jahre. Alle prophezeiten, dass diese Beziehung schon allein deswegen nicht halten würde.

Wir waren uns vom ersten Augenblick an sympathisch und da er der Sohn eines Studienfreundes meines Vaters aus Bayern war, der nun in unserer Stadt in NRW sein Studium begann, ging er seit unserem ersten Treffen bei uns ein und aus. Oh, er war mein Tom Cruise und neben der optischen Ähnlichkeit war er obendrein mit einem wunderbaren fremd klingenden bayrischen Dialekt und einer absolut mitreißenden Präsenz und Persönlichkeit ausgestattet. Wir wurden beste Freunde, fuhren zum Beispiele auch zusammen mit einigen anderen gemeinsamen Freunden in den

Urlaub. Er erzählte mir von seinen Affären und ich war Teil seiner Studenten Clique, obwohl ich mit Abstand die Jüngste war und noch das Gymnasium besuchte. Ich betete ihn an, er vertraute sich mir an - mehr trauten wir uns aber nicht, fast 4 Jahre lang. Was, wenn eine Partnerschaft scheitern würde? Was, wenn deshalb unsere Seelenverwandtschaft zerbrechen würde?

Alle um uns herum wussten es schon längst und sahen unsere Romanze, aber wir blieben standhaft.

Irgendwann kurz vor Ende seines Studiums war ich es, die die Initiative mit den Mitteln einer Frau ergriff. Ich machte ihn eifersüchtig und zwar ganz gezielt mit einem 18 Jahre älteren Bekannten von uns. Mir war, als bliebe ich sonst ewig Jungfrau. Ich wusste, der Bekannte wollte mich und ich dachte zu dem Zeitpunkt, mein Schmachten würde nicht erhört werden. Ich setzte alles auf eine Karte und – mein Plan ging auf! Natürlich hat der Ältere es meinem Angebeteten gesteckt - Allein des Triumphes wegen, sich eine Jungfrau zu angeln. Wie vorhersagbar Ihr Männer doch seid, mein lieber Kai! Und endlich traute er sich, sprang über seinen Schatten und küsste mich an meinem 18. Geburtstag. Der Kuss bedeutet uns viel. Er bedeutete den offiziellen Beginn unserer Beziehung. Er wählte das Datum ganz bewusst und mit aller Konsequenz, denn eine Liebelei hätte es nicht werden können, dazu waren wir uns zu vertraut. Wir hatten nur ein paar gemeinsame Monate, dann war sein

Studium beendet und es war klar, dass er zurück nach Bayern gehen würde, um dort seine Karriere zu starten. Ich musste noch mein Abitur beenden. Es war ein langes Jahr gewesen, aber er fand eine Wohnung für uns, in welche wir gleich nach meinem Abitur gemeinsam einzogen. Seitdem lief es wie am Schnürchen für mich. Ich ergatterte einen Studienplatz für meinen Traumberuf und liebte den Mann meiner Träume.

Alle Erkundungstouren in Sachen Liebe erlebte ich gemeinsam mit ihm. Ich glaube, dass können nicht viele Paare von sich behaupten. Wenig später gründeten wir eine Familie. Ich weiß noch, ich verpasste genau vierzehn Tage meines Studiums und setzte es einfach mit Kind fort. Es war eine wunderschöne Zeit, allerdings auch sehr anstrengend, denn wir hatten keine Unterstützung von unseren Eltern, andererseits redete uns auch so niemand rein. Nur das wilde Studentenleben in Schwabing konnte ich natürlich mit Kind nicht erleben und so konnten wir in den Nächten nicht unterwegs sein, so wie du. Er feilte dann an seiner Karriere und ich übernahm neben meiner freiberuflichen Tätigkeit als Designerin die Kindererziehung und das Management unserer vielen privaten Aktivitäten.

Familie und Karriere nahmen uns voll in Anspruch und so hatten wir kaum Zeit, uns um uns zu kümmern und neue Ideen eventueller sexueller Neigungen zuzulassen.

„Und?", frage ich meinen mir andächtig lauschenden Fußverehrer lächelnd: „Langweilig, oder? Da war nichts spektakuläres, ganze zwanzig Ehejahre lang liebten wir uns vanilla süß. Aber weißt du, wenn man nichts anderes kennt, dann ist es auch gut so. Ich vermisse eigentlich nichts." „Lady Kim, wenn sie wüssten, wie genial sie sind.", setzt er an und schaut mich dabei mit seinen dunkelbraunen Augen aufrichtig an. Während er spricht, rutscht er gedankenverloren von der Bank und kniet sich vor mich nieder. Er kann wohl nicht anders und nimmt einmal mehr meinen Fuß in seine Hand und streicht zart an meiner Fußfessel entlang. „Ihre Geschichte interessiert mich sehr. Wie haben Sie Ihre dominante Ader schließlich gefunden und entwickelt? Ich flehe Sie an, erzählen Sie es mir!" „Ich finde schwer die richtigen Worte, ich habe so etwas noch nie getan." „Bitte, bitte, Principessa erzählen Sie doch einfach drauf los!" Bei seinen Worten streichelt er erneut, jetzt am Riemchen der Schuhe entlang das zarte Leder der Schuhe und erst jetzt merke ich, dass das eine Ende aus der Verschlussschnalle gerutscht war, denn er fädelt vorsichtig mit ein wenig zitternden Händen das dünne Leder wieder ein. Er gibt ein entzückendes Bild ab, wie er sich hochkonzentriert um meine Schuhschnalle kümmert, denn er scheint die Welt um sich herum vergessen zu haben. Ich muss grinsen und breche eine besonders schön gewachsene Margerite aus dem Pflanztrog am Brunnen hinter unserer Sitzbank ab und stecke sie meinem verdattert schauenden Lakai quer in den Mund, sodass die Blüte neckend wippt. Mit einem wohlwollenden „Hopp, Hopp hoch auf die Bank, du treues Hündchen mit deinen schönen braunen Augen", befehle ich ihn fröhlich zurück ins Jetzt und klopfe dabei auffordernd neben meinen Sitz. Und schon sitzt er auch schon wieder mit einem leicht erröteten Gesicht neben mir, denn er realisiert erst jetzt, wie albern es für die anderen Passanten aussehen muss. Dennoch wagt er es nicht, die Blume aus seinem Mund zu nehmen. „Nicht jeder ist von Natur aus devot wie du oder dominant und weiß das von Anfang an. Mein Leben war bis vor zehn Jahren eine vanillesüße Blumenwiese - auch beim Sex, erst später habe ich mich getraut und habe alles auf den Kopf gestellt."

„Ja genau, deswegen ist es ja so spannend! Sie scheinen wirklich ein wunderbares Leben zu haben mit einem tollen Mann, vielen Aktivitäten und Hobbies," murmelt er ein wenig undeutlich mit Blume im Mund und nickt begeistert. „Und ich entzaubere mich nicht, wenn ich dir all das schildere?" „Da verstehe ich nicht wirklich, was Sie meinen? Sie entzaubern sich? Wie und für wen würden Sie sich entzaubern? Nein, ich kann mir im Moment nichts vorstellen, was mich davon abhalten könnte, Sie weiter anzubeten. Im Gegenteil, ich vergöttere Sie mehr denn je, denn es zeigt mir, dass Sie immer für mich unerreichbar sein werden." Ich muss schmunzeln und erhebe mich von unserer Bank. Doch er lässt nicht locker, springt auf und folgt mir wie ein Hündchen bei Fuß, als er fortfährt. „Bitte, verehrte Lady Kim, erzählen Sie weiter, das ist echt romantisch! Ich kenne keine Story, die Ihrer ähnelt. Und ich habe viele gelesen. Berichten Sie mir bitte, wie Sie Ihre dominante Neigung entdeckten und nach und nach auslebten, und das im Einklang mit Ihrer Ehe." Lachend nehme ich ihm die immer noch zwischen seinen Lippen steckende Blume aus dem Mund und steckte sie mir ins Haar. „Na gut, mein treues Hündchen, weil du so schön bettelst."

„Weihnachten vor 10 Jahren bekam ich ein Tablet geschenkt. Das war neu, ich hatte Internet nun nicht mehr nur unten in meinem Büro auf dem Laptop, sondern auch oben bei mir im Bett. Ein Ort, wo man Träume zulässt, wo Kopfkino passiert. Ich war zu der Zeit nicht mehr ganz so glücklich mit unserer Situation. Die Kinder waren zum größten Teil aus dem Haus und ich hatte Zeit, mir zu überlegen, wo ich mich befand. Ich hatte nun die Muse, von unerfüllten Fantasien zu träumen und sah die Realität neben mir: Karriere kostet Kraft. Früh aufstehen, abends spät wiederkommen und nach dem Essen todmüde auf der Couch einschlafen. Das war seit einigen Jahren unser Alltag. Meistens ging ich hoch in unser Schlafzimmer, las ein wenig und schlief dann vor ihm ein. Er meinte etwas vom Tag zu verpassen, aber schlief dann auf der Couch ein und nicht im gemeinsamen Bett. Und wenn er dann kam, war meine Tiefschlafphase oft zwar schon vorbei, aber ich regte mich nicht, um keine falschen Hoffnungen zu schüren. Dann hörte ich oft das Rascheln unter der Bettdecke, seinen schweren Atmen, dann nach nur wenigen Minuten endlich Stille und kurz darauf sein tiefer gleichmäßiger Atem. Er schlief - ich lag wach. Wir wussten beide, dass unser Sexleben ziemlich dahin dümpelte, aber auch nicht, wie es zu ändern war. Wir hatten Sex, oft sogar und allein das unterschied uns von vielen anderen um uns herum, wo nichts mehr lief. Er wünschte sich sehnlichst eine sexuell proaktive Frau, das wusste ich, aber wie sollte das bitte gehen? - Wie fühlt man sich als Göttin, als Muse, als Mrs. Lover-Lover, wenn der Alltag allgegenwärtig ist? Ich fühlte mich eigentlich allein durch die Position als Ehefrau und Mutter vom Markt genommen und deswegen auch sexuell unattraktiv. Er konnte mir das Gegenteil beteuern, sooft er wollte, ich glaubte es ihm nicht. Abends, allein im Bett, schickte ich meine Gedanken auf Reisen und fantasierte mich fort in erotische Träume und Sehnsüchte. Es waren immer die gleichen Fantasien, sie drehten sich um ein Stadium des ausgeliefert Seins. Ich fantasierte mich in Situationen, in der der Widerspruch zwecklos war, in der alles richtig war und ich es deshalb geschehen ließ. Unerfahren wie ich war, drehten sich die Gedanken um

Arzt Phantasien und Intimrasuren, also ein fremdes Handanlegen an meinem Körper, an meiner Intimität. Ich nutzte die Möglichkeiten des Internets und fand die Homepage eines GynDocs, die genau diese Situation beschrieb. Ich war fasziniert. Bis dahin kannte ich noch nicht einmal den Begriff dieses Genres der Weißen Erotik. Ich verschlang alle Kurzgeschichten auf dieser Seite, las sie doppelt und dreifach. Das war wie eine Offenbarung für mich. Mich ließ das Ganze nicht mehr los. Über das Impressum dieser Homepage stieß ich auf eine Online Erotik-Community, bei der ich mich kurze Zeit später anmeldete.

Ich war fasziniert, fand Antworten auf meine Fragen und stellte fest, dass es Menschen gab, die ihre Gelüste frei und ungehemmt auslebten, teils im Privaten, teils öffentlich auf erotischen Events. Und Kai, es waren viele Menschen und viele Events! Vielleicht nehme ich dich mal als mein Spielzeug auf einem Fetisch-Event mit."

Ich sehe vergnügt, wie mein schüchterner Fußanbeter sichtlich schluckt bei dem Gedanken und mich erschrocken, aber auch mit Neugierde im Blick ansieht. Doch ohne seine Unsicherheit weiter zu beachten, fahre ich einfach fort. "Diese Community war wie ein Sog. Die ersten Komplimente flatterten in mein Postfach. Ich fühlte mich immer begehrter. Ich wollte mehr und das Fremdgehen war nun bei mir gefährlich nah an die Realität herangerückt. Ähnlich wie bei ihm. Der einzige

Ausweg war, zusammen aktiv zu werden. Ich musste ihn einweihen! Unbedingt! Für uns, für unsere Liebe, für unsere sexuelle Zukunft. Und zwar schnell, bevor etwas Unwiderrufliches passieren würde.

Ich begann, einen Plan für meine Offenlegung zu schmieden. Ich buchte anlässlich seines Geburtstages ein wunderschönes Wochenende im Schnee in einem Wellness Hotel. Dort würde ich mich outen und ihm meine Fantasien und bisherigen Erlebnisse in der Online Community beichten. Ich bestellte im Internet alle möglichen Sexspielzeuge, kaufte in der Drogerie Rasierklingen, Rasierpinsel und Schaum und verpackte alles in einen schönen, unauffälligen, abschließbaren Alukoffer. Dann dachte ich mir ein Spielszenario aus und legte ihm zum Frühstück als Geburtstagsgeschenk einen Brief auf seinen Teller: „Liebling, komme heute um 14:00 Uhr in unser Zimmer. Dort erwartet dich eine Überraschung. Ich bitte dich, stell keine Fragen, lass es einfach geschehen. Später bei einem Spaziergang können wir reden."

Und so passierte es dann. Ich verschwand auf unser Zimmer, zog sexy, für ihn bisher unbekannte Dessous an und bereitete alles vor. Als er auf das Zimmer kam, lag da ein weiterer Zettel auf unserem Bett, daneben eine Augenbinde. Ich wartete im Bad. „Liebling, bitte lege dir nun die Maske an." Er tat das. Ich kam dann und verführte ihn. Das war eigentlich das erste Mal, dass ich aktiv den Anfang machte und ein erotisches Spiel für uns einleitete. Aber nicht nur das, bevor es soweit war, gab ich ihm eine Intimrasur. So, wie es mir in meinen Träumen immer wieder geschah. Er ließ es mit sich geschehen und war, glaube ich, einfach nur sprachlos von dem, was da vor sich ging. Dann gab ich ihm einen Blowjob. Es war mein erster bei ihm. Mein Mann hat mich nie gedrängt, obwohl es seine verborgene Sehnsucht war. Das wusste ich. Es war unglaublich. Es gefiel mir und machte mir keine Angst mehr. Es war durch das Fehlen der Haare dort einfach nicht mehr so übermächtig männlich. Dann hatten wir hammergeilen Sex.

Beim anschließenden Spaziergang schüttete ich ihm mein Herz wie ein Wasserfall aus und beichtete ihm meine geheimen Gedanken, Träume und Fantasien."

Fasziniert hänge ich während der ganzen Erzählung an Ihren Lippen und meine Bewunderung für Sie steigt mit jedem Wort ins Unermessliche. Kein Wunder, dass ich Ihnen verfallen bin, denn wie Sie es mit Mut, Liebe und Fantasie geschafft haben, Ihr jetziges so interessantes, wundervolles und so abenteuerreiches Leben zu gestalten, ist atemberaubend. Mein Kopf platzt fast vor Neugier, was Sie alles erlebt haben seit der Zeit der geschilderten Ereignisse, wie Sie die selbstbewusste, dominante, angebetete und erhabene

Königin geworden sind, die mir jetzt gegenüber sitzt. Wie viele Männer haben wohl die Ehre gehabt, sich Ihnen unterwerfen zu dürfen? Wie viele hatten bereits das Privileg, von Ihnen dominiert zu werden? In mir brennt das Verlangen, mehr zu erfahren von den Abenteuern der erhabenen Göttin, die ich als meine uneingeschränkte Herrscherin anerkenne, der ich meine Existenz zu Füßen lege, auf dass Sie nur durch die Berührung Ihres Fußes aufgewertet würde. Doch nicht heute, nicht jetzt! Heute und jetzt gehöre ich Ihnen, werde ich zu Ihrem Eigentum, erwartet mich das Abenteuer meines Lebens. Denn anders als Sie habe ich meine Erfüllung noch nicht gefunden! In meinem wilden, ungeregelten Leben fehlte immer etwas, sehnte ich mich nach jemandem wie Sie, die über mich uneingeschränkt bestimmt, mich leitet, mich zu einer willenlosen Marionette werden lässt.

Und wieder knie ich mich vor Sie, nehme Ihre Hand, hauche einen perfekt galanten Kuss auf den Rücken Ihrer rechten Hand, doch natürlich so, dass meine Lippen Ihre Haut nicht berühren, sondern Millimeter davor stoppen. Dabei atme ich das wundervolle Aroma ein, das Ihrer Haut ausströmt, und fühle mich dabei so glücklich und geborgen, als Ihr uneingeschränktes Eigentum, als Ihr stolzer Sklave.

Sie lächeln milde und streichen mir mit Ihrer linken

Hand sanft durch meine Haare, über meine Stirn hinunter zur Wange. Als Sie kurz vor meinem Mund stoppen, ergreife ich sie und küsse ehrfürchtig Ihre Handfläche, wieder und wieder, und höre, wie Sie meine Gedanken laut aussprechen.

„Ich denke ich weiß, du sehnst dich nach einer führenden Hand, die dich in ein geordnetes Leben führt und lenkt, stimmt's Sklave?"

Immer noch unter innigen Küssen Ihrer Handfläche bejahe ich, und füge hinzu, „Ja, Königin, Sie haben vollkommen Recht, aber nur unter einer führenden Hand einer Göttin der Kategorie Kim."

Sie zeigen wieder einmal Ihr wundervolles Lächeln, entziehen mir Ihre Hand, doch streicheln damit weiter mein Gesicht und erklären, „Sei zufrieden mit deiner wilden Zeit, denn ein immer geregeltes Leben hat auch nicht nur Vorteile, wie ich dir aus eigener Erfahrung sagen kann. Aber sei's drum, mein treues untertäniges Eigentum, steh bitte auf und los! Nun fahre mich zum Beck, damit wir endlich unsere Shoppingtour starten können."

Mit jedem Meter, den wir in Richtung Marienplatz und dem Kaufhaus Beck zurücklegen, entferne ich mich mehr und mehr von meiner Vergangenheit und lasse sie auf Höhe des Odeonsplatzes schließlich komplett zurück. Vor mir liegt meine Zukunft, mein Schicksal,

Sklave der bezauberndsten Frau der Welt zu sein und ein neues faszinierend devotes Abenteuer!

Lady Kim

Schon strampelt er am Odeonsplatz vorbei, um kurz darauf mitten auf dem Marienplatz freudig zu verkünden: „Geschafft, Lady Kim, wir haben das Ziel erreicht! - bitte rechts aussteigen! Das Kaufhaus Beck öffnet sogleich seine Pforten für meine Königin."
Dabei reicht er mir galant die Hand, hilft mir aus dem Sitz, eilt dem Eingang entgegen und reißt bereits die schweren Türen für mich auf, als ich seinen Eifer mit einem kurzem „ Äh Stopp! Ich müsste vorher noch eine kleine Besorgung erledigen", abbremse. „Natürlich, jederzeit, wohin möchten Sie denn gehen, Principessa?"
„ICH würde gerne hier im Beck bereits durch die Abteilungen schlendern. Würdest DU für mich bitte in der Zwischenzeit folgendes im dm-Markt im Tal einkaufen gehen? Du müsstest in 15 Minuten wieder hier sein. Ich erwarte dich dann hier am Eingang." Ein wenig Enttäuschung meine ich kurz in seinen Gesichtszügen aufblitzen zu sehen, als er merkt, dass es nun doch nicht wie erwartet losgeht. Doch genau wie es sich gehört, übernimmt er pflichtbewusst seinen Auftrag: „Hier, das ist die Einkaufsliste. Bis gleich." Mit diesen Worten drehe ich mich um und verschwinde im Inneren des Kaufhauses.

Ankunft am Kaufhaus Beck - Kai

Gott wie froh ich bin, als wir endlich am Kaufhaus
Beck, am 'Kaufhaus der Sinne' ankommen. Natürlich
habe ich unsere Tour durch Ihre und meine
Vergangenheit genossen, doch noch mehr hoffe ich, die
nächsten Momente zu genießen. Wie sehr ich mich
darauf freue, nicht nur Ihr Einkaufslakai zu sein, der
Ihnen die Türen öffnet, die schweren Tüten trägt, Ihnen
bei der Anprobe ein stummer Diener ist, und als
Krönung Ihnen bei der Schuhanprobe hilft, sondern
auch ein stilsicherer und in allen Bereichen bestens
informierter Modeberater.
Denn ich habe mich schon etwas im Vorfeld vorbereitet,
habe mich durch intensive Recherche vom „Quasimodo
der Mode" zum legitimen Nachfolger von Karl
Lagerfeld gewandelt. Gut, dafür habe ich immer noch
Albträume von den quiekenden Stimmen und dem
ständigen gruseligen Botox-Lächeln all der Influencer,
deren Dauerwerbesendungen ich mir auf Youtube und
Instagram reingezogen habe, aber das war es wert.

Wenn Sie die Unterwäsche, Nylons, Kleider, Schuhe,
Schmuck und Make-up tragen, zu der ich Ihnen heute
raten werde - so meine Fantasie - werden Sie sich von
der wunderschönen, königlichen und top-modischen
Erscheinung, welche Sie bereits sind, in DIE eine

Modegöttin, zu DER einen Stilikone verwandeln, der die Welt zu Füßen liegen wird! Durch meine Auswahl werden Sie zu einer neuen Audrey Hepburn oder Prinzessin Diana, zu der neuen Regentin der Mode. Ihr Bild wird das Cover sämtlicher Hochglanz-Modemagazine zieren, Modeschauen, Kollektionen und ganze Modehäuser werden nach Ihnen benannt werden und Sie werden der leuchtendste Star auf sämtlichen roten Teppichen der Welt sein. Und in jedem Ihrer unzähligen Interviews werden Sie sagen, „Ach, all das habe ich nur meinem so artigen Kai zu verdanken. Nur durch seine Vision von Mode, nur durch sein Genie, das es nur einmal in 100 Jahren geben kann, bin ich die Göttin geworden, die die ganze Welt jetzt zurecht verehrt!!!“ Und ich höre die Menge begeistert rufen „Kai! Kai! Kai!“ und diese Rufe sind so unglaublich real, der Schall dieser Rufe dringt tatsächlich in meine Ohren!

Dann öffne ich meine Augen, und vor mir stehen Sie und ich sehe Ihr besorgtes Gesicht und höre Sie sagen „Kai, Kai, Kai, hörst du mich Kai?“ und auf mein verdattertes „Ja, Lady Kim?“ erklären Sie mir, ich wäre für einen Moment vollkommen weggetreten gewesen, mit einem echt dämlich überheblichen Grinsen im Gesicht. Und ich solle Sie ab sofort nur Kim nennen, aber immer noch Siezen. Sie halten mir eine komische Einkaufsliste unter die Nase und befehlen, „Lauf

schnell zum dm im Tal und besorge folgende Sachen!
Und achte ja darauf, exakt die gleichen Artikel wie auf
der Liste zu kaufen! Du willst sicher nicht, dass ich mit
dir zurückgehen muss, um etwas umzutauschen, nicht
wahr, mein Lieber? Denn wer weiß, ob ich am Ende
nicht dich austausche! Und sei in genau 15 Minuten
wieder hier!", um daraufhin im Kaufhaus Beck zu
verschwinden.

Einkaufen im dm-Markt

Enttäuscht, meiner Königin nicht in dieses Nobelkaufhaus folgen zu dürfen, sondern echt seltsame Dinge in einem Discounter Drogeriemarkt besorgen zu müssen, fühle ich mich nicht mehr als gefeiertes Mode-Genie, sondern als Laufbursche für meine Herrschaft.

Augenblicklich frage ich Google Maps nach dem Weg, denn ich bin ein vollkommener Orientierungsdepp, ich schaffe es sogar, mich in einem Supermarkt zu verlaufen!

Es sind 300 Meter geradeaus vom Kaufhaus Beck zum dm-Markt im Tal, das zu finden ist zu schaffen, selbst für mich. Allerdings bereiten mir die 4 Minuten Gehzeit Kopfzerbrechen, die Maps für die einfache Strecke prognostiziert. Ganz analytischer Geschäftsmann kalkuliere ich 15 minus 4 minus 4 macht 7. 7 Minuten für den Kauf von 4 Artikeln und für´s Bezahlen. Ich beschließe, nicht zu gehen, sondern zu laufen, schnell zu laufen! Während der 2 Minuten Sprint fantasiere ich mich in die Olympischen Spiele und schlage Usain Bolt im 300-Meter-zum-dm-Lauf.

Jedoch bin ich im Geschäft komplett außer Atem, als ich die erste Verkäuferin, die mir über den Weg läuft, nach dem Standort der Artikel frage. Natürlich sind die

Sachen über 2 Etagen verteilt, doch zum Glück stehen die Nagellack Entferner Tücher sowie die Saphir Nagelfeile im gleichen Regal und auch die Handreinigungstücher finden schnell ihren Weg in meinen Einkaufskorb. Seitdem ich meine Königin verlassen musste, sind gerade mal 6 Minuten vergangen! Es läuft, und ich sehe schon Lady Kims beeindrucktes Gesicht, wenn ich bereits nach 11 Minuten zurück bin!

Für die Strumpfhose muss ich in den ersten Stock rennen, ich bin also schon wieder komplett außer Atem, als ich panisch ins Regal blicke, und sehe, dass alle Strumpfhosen der dm-Eigenmarke „nur die" ausverkauft sind. Ich denke mir noch, kein Wunder bei dem niedrigen Preis, als ich mich an Lady Kim's Befehl erinnere, „exakt die gleichen Artikel" wie auf der Liste zu kaufen.

Zum Glück räumt eine junge Mitarbeiterin, keinen Meter von mir entfernt, das Regal ein, einen Stapel Kartons neben ihr. „Bitte, haben sie transparente 'nur die'-Strumpfhosen?", frage ich außer Atem und blicke dabei in ein Gesicht, das mich wegen der aufgemalten Augenbrauen und aufgeklebten Wimpern etwas irritiert.

„Nö, sind aus!", kommt es lakonisch aus einem Kaugummi kauenden Mund, dessen Lippen irritierend tiefrot leuchten. „Ja, ist schon klar, aber was ich meine, sind in diesen Kartons da vielleicht welche?"

„Weiß nicht, vielleicht!", schleudert sie mir scharfsinnig entgegen. Und als ich sie freundlich auffordere, doch bitte in den Kartons nachzusehen, schlägt sie vor, doch zwei Euro mehr auszugeben, und etwas höherwertige Nylons zu kaufen, die direkt danebenliegen.

„Geht nicht!", stelle ich betont selbstsicher fest, komme aber bei folgender Erklärung dann doch ganz leicht ins Straucheln. „Hören Sie bitte, meine Frau, das heißt nicht meine Frau, sondern Lady, also meine Lady hat mir befohlen, äh, ich meine, sie hat gesagt, ich darf, also soll, also ich muss genau die Strumpfhose kaufen, die sie auf diese Einkaufsliste gesetzt hat. Und außerdem muss, also soll, also wenn ich nicht in 7 Minuten zurück bin, dann tauscht sie mich vielleicht aus, also meine Frau, also nicht Frau, sondern meine Eigentümerin, äh Lady."

Warum genau die Mitarbeiterin so grinst, erschließt sich mir nur partiell. Bestimmt würdigt sie damit meine messerscharfe Eloquenz! Oder ist es doch die Reaktion auf mein tomatenrot angelaufenes Gesicht. Egal, denn tatsächlich, und wie in Zeitlupe, öffnet sie einen Karton mit der Aufschrift „nur die", fragt mich nach der Größe, reicht mir ein Exemplar, und im krassen Gegensatz zu der Langsamkeit dieses Moments, entreiße ich ihr das Exemplar und rase mit meinen kompletten Einkäufen die Treppe runter zur Kasse, bettle alle vor mir in der Schlange an, mich vorzulassen und schaffe die 300 Meter zurück sogar in 1:50 Minuten. Nun stehe ich mit 160 Puls und vollkommen außer Atem wie vereinbart vor dem Eingang, stolz Ihren Auftrag in 14 Minuten und 50 Sekunden ausgeführt zu haben, aber von Ihnen ist weit und breit nichts keine Spur. Auch nicht, als ich 3 Minuten später immer noch mit 130 Puls und weiter ohne Atem nervös um mich blicke. Dann renne ich wie am Morgen planlos und panisch hin und her und erblicke Sie schließlich auf einem der Stühle vor dem Kaufhaus genüsslich ein Eis essen, während Sie sich angeregt mit einem jungen, attraktiven Mann unterhalten. Ich brodele vor Eifersucht, doch wage es nicht, Sie zu unterbrechen. „Du bist zu spät, mein Lieber", stellen Sie lapidar fest, als Sie mich nach einer gefühlten Ewigkeit endlich bemerken und laben sich an meiner Panik, die sofort ausbricht, weil ich denke, dass Sie enttäuscht sind und mich bestimmt gegen diesen Jungschnösel austauschen werden. Und noch bevor ich ausführen kann, dass ich pünktlich am vereinbarten Ort war, sogar 10 Sekunden vor der Zeit, und Sie es waren, die nicht da war, führen Sie weiter aus, „Aber ich verzeihe dir, Kai. Bin ich nicht nett?" und wieder meine Antwort nicht abwartend im Befehlston, „Zeig mir deine Einkäufe!" Augenblicklich überreiche ich sie mit einem zackigen, „Jawohl, sehr gerne, Kim" und senke meinen Kopf wie ein wahrer Lakai.

„Sehr gut, alles da! Nur schade, dass du keinen Abstecher am Viktualienmarkt gemacht hast, um mich mit ein oder zwei Köstlichkeiten ungefragt als Amuse Gueule bzw. als Erfrischung für später überrascht zu haben. Aber diese Kleinigkeiten, die einen perfekten Lakaien ausmachen, bringe ich dir schon noch bei, mein Kleiner."

Und endlich, mit einem fast diabolischen Grinsen auf Ihren Lippen, betreten wir das Kaufhaus und ich hoffe, dass Sie als erstes die Schmuckabteilung und die Schuhabteilung ansteuern! Ich sehe mich schon, wie ich Ihnen kniend glücklich und ehrfürchtig ein Perlenfussband an Ihren göttlichen Fuß anlege und edle Schuhe zur Anprobe an- und ausziehe….

Lady Kim

Knapp 15 Minuten später läuft mein Lakai mit zwei riesigen Tüten nervös vor dem Eingang des Kaufhauses auf und ab, entdeckt mich aber nicht, wie ich auf einem der Stühle vor dem Gebäude genüsslich ein Eis esse. Ich amüsiere mich prächtig, wie er immer nervöser umherirrt und verzweifelt nach mir Ausschau hält, gebe mich aber nicht zu erkennen. Nach weiteren fünf, für ihn quälenden Warteminuten, entdeckt er mich endlich. „Hallo Kai, da bist du ja wieder. Du hast dich verspätet, aber ich verzeihe dir, bin ich nicht nett? Ich bin so neugierig, was ich finden werde, denn beim Betrachten der neuesten Sommerkleider im Schaufenster habe ich schon bemerkt, dass es ein interessanter Einkaufstag werden wird. Du glaubst gar nicht, wie schwer mir die Auswahl hier fällt. Ich kann mich einfach nicht entscheiden. Komm mit und berate mich!"

Schon gleiten wir die Rolltreppe hinauf in das erste Obergeschoss. Ich gehe mit ihm durch die Reihen, die weiteren Stockwerke und ziehe ein Modell nach dem anderen hervor. „Soll ich diesen roten Mantel hier nehmen oder doch lieber diesen schwarzen Hosenanzug? - oder wie wäre das Kleid mit der verführerischen Spitze?" Mein Lakai tut sein Bestes und nickt und lobt und folgt mir auf Schritt und Tritt.

„Also, ich muss schon sagen, eine echte Hilfe bist du ja nicht! - Deine Beratung hätte ich mir fundierter gewünscht. Du pflichtest mir ja in allem nur bei…!" bemerke ich genervt nach einiger Zeit.

„Aber Lady Kim, ich versichere Ihnen aus vollem Herzen: Ihnen stehen tatsächlich alle die gezeigten Kleidungsstücke außerordentlich! Sie sehen einfach in allem umwerfend aus! - Ehrenwort!"

„Na, wenn du meinst", antworte ich leicht gedehnt und rolle mit den Augen. Unvermittelt drehe ich mich auf dem Absatz um und trete ganz nah an ihn heran und flüstere verschwörerisch in sein Ohr. „Ich weiß, wohin wir jetzt gehen…" Ich nehme ihn bei der Hand und ziehe ihn regelrecht durch den Laden und die Rolltreppe hinab, an der Auslage mit den Taschen vorbei, bis wir im hinteren Abteil angekommen sind. In den dortigen Beauty-Stellagen funkeln Nagellacke in allen Farben. Ich bleibe vor einem Display stehen, und deute mit einer ausladenden Armbewegung auf die kleinen farbigen Fläschchen: „Tadaa, da sind wir. Nun bist du dran, Kai. Bitte suche mir eine schöne Farbe aus!"

Da wendet sich die Verkäuferin an mich. „Wie wäre es mit einer Musterlackierung? Auf echten Nägeln sieht die Farbe noch brillanter aus!" „Ja gerne, das ist eine ausgezeichnete Idee." Und schon schraubt die Kosmetikerin die Testflasche auf, taucht den kleinen Pinsel ein und will gerade meine Hand nehmen, da habe ich mir bereits die Hand meines Lakaien geschnappt und halte sie ihr anstatt meiner vor die Nase.

Vielsagend schaut mich die Dame an und zögert etwas. Aber ich wiederhole ihren Vorschlag: „Bitte, Kais Nägel eignen sich perfekt für eine Farbprobe."

„Mmmhh. Ja, der Ton gefällt mir… aber dieser da, der
scheint mir irgendwie noch geheimnisvoller und dieser
hier oben schimmert noch schöner", überlege ich laut,
während sie seine Nägel, einem nach dem anderen, in
der von mir bestimmten Farbe lackiert. „Kai, gib mal
deine andere Hand. Ich brauche noch eine Probe mit
den Pinktönen." Schon waren auch die Nägel der
anderen Hand bemalt. „Hübsch!", kommentiere ich
seine Nägel und an die Verkäuferin gewandt, die seit
geraumer Zeit mit einem vielsagenden Lächeln
ausdrückt, meine Stellung verstanden zu haben, „Was
meinen Sie, welches ist der schönere Ton?" Als sie
vorschlägt, meine Begleitung zu fragen, übernehme ich
für ihn. „Ist wohl besser, wir fragen ihn nicht. Mein
Lakai, äh ich meine, mein Kai, hat NOCH nicht so viel

Erfahrung mit Nagellack und Mode, aber das bringe ich ihm schon noch bei! Ach, ich kann mich einfach nicht entscheiden. Ich denke, ich nehme alle!"

Als nächstes durchqueren wir die Parfümerieabteilung und steuern zielstrebig auf einen kleinen Eingang zu, dessen Einsicht mit einem schwarzen Vorhang dezent versperrt ist.

„Kai, ich werde mich hier bei den Düften noch ein wenig umsehen. Geh bitte schon einmal vor und wähle drei schöne Kleidungsstücke für mich aus. Ich bin gespannt, wie deine persönliche Empfehlung für mich aussieht." Während ich mich zurückfallen lasse, betritt Kai meinen Lieblingsladen: Agent Provocateur. Ich bin gespannt, wie er seine Aufgabe meistert und welche der angebotenen Stücke er für mich auswählen wird.

Agent Provocateur - Kai

Sind mir meine kunterbunt lackierten Fingernägel peinlich? Nicht im Geringsten! Nun, ich fühle mich ein wenig wie Pippi Langstrumpf, aber erstens liebe ich Pippi und zweitens liebe ich es, mit Ihnen, meiner Königin, in diesem Kaufhaus zu sein. Es ist so schön zu sehen, wie wundervoll fröhlich Sie beim Anprobieren dieser Sachen sind. Sie haben so unglaublich viel Spaß am Entdecken dieser wunderschönen Kleidung, aber offensichtlich auch an meiner Begleitung, obwohl Sie mein ständiges „Das sieht wunderschön an Ihnen aus, Lady, ähm Madame Kim", schon bald nicht mehr hören können, auch wenn ich Ihnen versichere, dass es nicht die Meinung von jemanden ist, der blind vor Anbetung ist, sondern simpler Fakt.

Jede Ihrer Aktionen ist so zauberhaft, locker, entspannt, heiter, fröhlich und atmosphärisch angenehm. Ich fühle mich nicht als Sklave, der zu etwas gezwungen wird, sondern als Ihre Sie anbetende Begleitung, die zutiefst froh und dankbar ist, einer so entzückenden und lebenslustigen Dame zur Verfügung stehen zu dürfen, bunt lackierte Nägel hin oder her. Spätestens, als Sie mich an der Hand nehmen und mit mir durch die Abteilungen fliegen, fühle ich mich, wie schon so oft zuvor, wie ein bis über beide Ohren verliebter Teenager, wohl wissend, dass die Traumfrau, die ich anschmachte, niemals mehr als meine unerreichbare Eigentümerin sein wird.

Als wir durch die Parfümerie-Abteilung gehen, bemerke ich Ihr Interesse an den exquisiten Düften, denn auch hier fragen Sie mich nach meiner Meinung, nachdem Sie mit einem bezaubernden Lachen die verschiedensten Damendüfte an mir testen. Als ich Ihnen in vollkommener Verzückung Ihres vergnügten Wesens antworte, dass für mich kein Parfüm der Welt jemals an den erhabenen Duft Ihrer getragenen Caprice herankommen werde, erklären Sie, dass ich hier wohl keine große Hilfe für Sie sein werde, bemerken aber spöttisch, dass der nächste Duft, den ich inhalieren darf, wohl nicht 'Caprice' sondern 'Peter Kaiser' heißen wird.

Da Sie also keine Verwendung mehr für mich haben, trotzdem aber noch im Reich der Düfte verharren wollen, schicken Sie mich in den angrenzenden Laden, dessen Eingang hinter einem geheimnisvollen schwarzen Vorhang liegt, mit den Worten, „Kai, ich werde mich hier bei den Düften noch ein wenig umsehen. Geh bitte schon einmal vor und wähle drei schöne Kleidungsstücke in meinem Lieblingsladen für mich aus. Ich bin gespannt, wie deine persönliche Empfehlung für mich aussieht."

Und als ich durch den Vorhang trete und das Reich der Düfte hinter mir lasse, betrete ich ein anderes Reich, das der puren Verführung, Ruchlosigkeit, Versuchung, Eleganz und Begierde und ich fantasiere mich anfangs in Situationen, von denen ich weiß, dass sie niemals Realität werden.

Agent Provocateur ist der reinste Sündenpfuhl! Sodom und Gomorrha! Ich stehe da mit meinen frisch lackierten Nägeln und starre ungläubig in die Gegend. Gott, wie fantastisch diese zarten Dessous dort aussehen und wie diese Negligés hier wohl an Lady

Kim aussehen würden? Dann gibt es Wäsche, die mehr offenlegen, als sie bedecken! Manches ist komplett durchsichtig, bei anderen fehlt schlichtweg der Stoff und dort drüben bei den halterlosen Seidenstrümpfen, die ich augenblicklich an Lady Kim's Beinen sehe, gibt es ein Paar, an deren hinteren Naht „Whip me, bite me!" geschrieben steht. Ganz kurz rast mir ein absurder Gedanke durch den Kopf und ich denke, das wären wohl die richtigen Nylons für jemanden wie mich! Und grinse wegen diesem völlig lächerlichen Bild - ich in Nylons - und bin stolz auf meinen grandiosen Sinn für Humor!

Anfangs denke ich daran, Ihnen Stücke auszuwählen, in denen Sie andere Männer um den Verstand bringen. Männer, die Sie als würdig erachten, von Ihnen verführt zu werden. Jugendhafte, ausdauernde Beaus, die Sie nur für Ihr Vergnügen und einzig für die Befriedigung Ihrer Lust als Spielzeug benutzen wollen. Ich denke dabei an Stücke, die diese Männer so sehr erregen, dass sie sprichwörtlich alles für Sie tun, was Ihrer Befriedigung dient. Denn nur das zählt: Lady Kim's Glück! Ihre Lust, Ihr Vergnügen, Ihre Erfüllung und Sie nie vergessen lassen, dass es Ihr verdientes Schicksal ist, zu dominieren und zu herrschen, angebetet und vergöttert zu werden!

Für diese Männer und für diesen Zweck wähle ich sündhafte, unzüchtige, ruchlose, exzessive und provokante Stücke, die viel Haut zeigen, die erregen, die Sie zur Sex-Göttin werden lassen.

Und ich sehe mich schon, wie Sie mir befehlen, Ihnen bei der Ankleide zu helfen und Sie auf ein Date mit einem jungen, starken Adonis vorzubereiten. Ich fühle mich allein bei dem Gedanken daran zutiefst gereizt und aufrichtig gedemütigt. Ich bin eifersüchtig und es macht mir ernsthaft zu schaffen. Doch es erfüllt mich letztendlich mit Stolz, Ihnen dabei helfen zu dürfen, Sie für jemand anderen so unwiderstehlich zu machen, dass dieser jemand zu einem kompletten Sex-Objekt wird, mit dem Sie alles machen können, was Sie wollen, um Ihre sexuelle Lust zu befriedigen.

Doch dann erinnere ich mich, dass meine Auswahl meine persönliche Empfehlung widerspiegeln sollte. Also sehe ich Sie als Sex-Göttin? Nein! Ich sehe Sie als Inbegriff der reizvollen Anmut, der magischen Verlockung. Ich denke bei Ihnen an Jet Set, Eleganz, Noblesse, Raffinesse, Exklusivität und nicht zuletzt Schönheit sowie Erhabenheit. Und deswegen schaffe ich es nicht, Sie in einen durchsichtigen Hauch von Nichts zu hüllen. Doch andererseits sexy sollten Sie schon auch sein! Aber stets mit Klasse, mit majestätischer Würde.

Und deshalb beschließe ich, Stücke auszuwählen, nach denen ich mich persönlich verzehre, Sie darin zu sehen, um in noch tiefere Hörigkeit zu verfallen.

Ich suche, dumm wie ich bin, zunächst nach Dessous und komme aus dem Staunen nicht mehr heraus! Die ausgestellten Slips und BHs sind so sexy, dass es mir den Atem raubt. Allein die Vorstellung, Sie jemals in diesen verführerischen Stoffen sehen zu dürfen, bringt mich um den Verstand. Wie aufregend, atemberaubend, verspielt, fantasievoll, sexy, elegant, feminin, anbetungswürdig würden schon normale Frauen in diesen Stücken aussehen, aus Ihnen würden Sie jedoch die eine Göttin machen, der die Welt zu Füßen liegt. Ich entscheide mich gegen das klassische schwarz und das unschuldige weiss und wähle eine Kombination aus schwarz und violett, wobei das schwarz nur dezente Akzente setzt. Ich bin mir sicher, in diesen Dessous könnten Sie absolut jeden Mann verführen und von Ihnen abhängig machen. Und mich werden Sie darin komplett unterwerfen zu Ihrem willenlosen Fußsklaven, zu Ihrem komplett hörigen Fußanbeter, so wie es meine Bestimmung ist.

Wie im Rausch suche ich weiter nach Stücken, in denen meine unendliche Abhängigkeit von Ihnen noch weiter gesteigert werden könnte. Bei den Korsetts werde ich fündig:

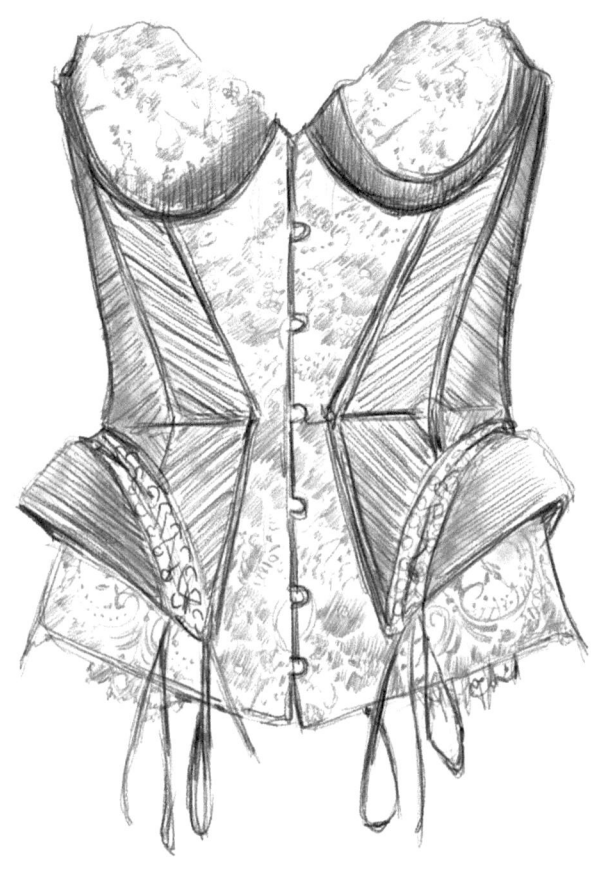

Ein wundervolles Geflecht aus schwarzer Spitze hat es mir dabei besonders angetan. Absolut verloren und für immer in Ihrem Bann wäre ich, würde ich Sie darin sehen. Kurz überlege ich, ob dieses Korsett, von Ihnen getragen, mich von meiner Fußanbetungsbegierde ablenken würde? Doch sofort weiß ich, dass sich die Frage sich sowieso nicht stellt, denn ich höre Sie förmlich sagen. „Keine Angst, mehr als dass du mich anschließend in den Sachen bewundern und dir ausmalen darfst, wie ich unter meinem Kleid aussehe, wenn ich jemanden verführe und du allenfalls schmachtend daneben stehen darfst, steht dir eh nicht zu."

Dann komme ich an dem verführerischsten Pyjama vorbei, den ich in meinem Leben gesehen habe - cremefarbene Seide, an den Enden edle schwarze Spitze, so weich, dass es bestimmt Ihrer majestätischen Haut schmeichelt - und habe eine Vision! Ich stelle mir aufgeregt vor, wie Sie sich darin am Morgen lasziv in einem Hotelbett räkeln, während ich Ihnen Ihr Luxus-Frühstück serviere, das ich stundenlang vorbereitet habe, nachdem ich die halbe Nacht schon damit beschäftigt war, Ihnen die vor die Tür gestellten Schuhe zu polieren (und zu huldigen), während Sie sich mit einem jungen Adonis vergnügt haben. Das Jäckchen des Pyjamas verdeckt dabei nicht, dass Sie keinen BH tragen. Sie bemerken natürlich meine Nervosität und meine ständigen scheuen Blicke. Sie sehen meine Devotheit, meine Erregung und Sie spielen damit. Dann, nachdem Sie mich unters Bett kriechen lassen, um nach Ihren Pantoletten zu suchen, stellen Sie amüsiert fest, dass Sie gar keine dabei hatten. Sie amüsieren sich köstlich, als Sie mich nach der Sauberkeit Ihrer Schuhe ausfragen und ob denn auch das Aroma des gestrigen heißen Tages verschwunden ist und die Schuhsohlen wie neu glänzen. Dann zum Abschluss stellen Sie fest, dass Sie unbedingt eine Massage benötigen, denn Sie sind verspannt. Sie richten sich auf, drehen sich um 90 Grad, sodass Sie quer in Ihrem Bett sitzen. Zitternd stelle ich mich hinter Ihren Rücken und bin kurz davor, das Jäckchen von Ihren Schultern zu nehmen, was natürlich auch Ihre Brüste offenlegen würde. Doch dann lachen Sie so bezaubernd auf, wie nur Sie lachen können und sagen, „Du Dummie, nicht meinen Nacken wirst du massieren, sondern meine Füße….."

Lady Kim

„Eine schöne Auswahl hast du da getroffen! Allerdings würde ich dieses Korsett nie tragen. Ich stehe ja auf Maßkorsetts und meine Hausmarke ist eine andere.

Aber das erste Set hier, diese Dessous, probiere ich gleich einmal an." Und schon verschwinde ich hinter dem Vorhang der Ankleide.
Es passt perfekt, ein Hauch von nichts, denke ich verzückt in der Garderobe und drehe mich prüfend vor dem Spiegel. Dann schiebe ich den schweren schwarzen Vorhang beiseite. Wie erwartet werden die Augen meines Begleiters bei meinem Anblick

riesengroß und er sinkt sogleich ehrfurchtsvoll vor mir auf die Knie. „So, mein lieber Kai, nun hätte ich noch eine weitere Aufgabe für dich. Nachdem wir nun ein passendes Dessous für mich gefunden haben, möchte ich, dass du auch die entsprechenden seidenen Halterlosen und einen passenden Suspender dazu wählst." - Mit diesen Worten stelle ich meinen rechten Fuß leicht nach vorn. Er versteht und haucht mir als Antwort einen Kuss auf meine nackten Zehen. „Ich freue mich schon auf deine, bestimmt perfekte, Wahl. Du weißt ja inzwischen, wo du sie findest." Mit diesen Worten lasse ich mich auf die schwülstigen Stühle sinken.

Vergnügt beobachte ich meinen Untertan, wie er sich sogleich beflissen vor das Strumpfregal stellt und alle Modelle eingehend mustert.

Kai

Bei den seidenen Halterlosen angekommen wird mir sofort heiß! Die Vorstellung, Sie in Nylons zu sehen, die ich für Sie ausgewählt habe, bringt mich schier um den Verstand. Wie gerne würde ich Sie in schwarzen blickdichten Strümpfen anbeten, nach einer langen, durch tanzten Sommernacht! Allerdings scheint es keine zu geben. Verzweifelt blicke ich in die Regale, werde nervös, denn ich will Sie nicht warten lassen. Plötzlich, wie aus dem Nichts, steht eine Verkäuferin neben mir und fragt, ob sie mir helfen kann. Schüchtern, beinahe flüsternd, erkläre ich, ich würde gerne Nylons für meine Lady kaufen, bei denen Beine, Fuß und Zehen nicht durchschimmern.

Meine anfängliche Nervosität verfliegt, denn die Dame berät mich überaus freundlich und professionell. So sehr, dass ich mich im nächsten Moment schon nicht mehr als Fußsklave der wundervollsten Göttin fühle, sondern schon fast wie ein Verliebter, der für seine Angebetete sexy Dessous auswählt. Als die Verkäuferin mir schließlich ein Paar Nylons übergibt, das meiner Meinung perfekt die Erhabenheit Ihrer Beine und Füße unterstreichen wird, fühle ich mich so lässig und souverän, dass ich mich zu einem Kommentar hinreißen lasse. „Danke für Ihre Hilfe, meine Begleitung wird bestimmt sehr glücklich sein über meine Auswahl", der unterstreicht, dass ich hier nicht als Fußanbeter agiere, sondern als Partner. Dieses Gefühl währt allerdings nicht lange, denn ebenso professionell wie bei der Beratung empfiehlt sie mir, wenn ich beim Präsentieren der Nylons wieder auf die Knie sinken und einen Kuss auf Ihre Zehen hauchen würde, wäre es vielleicht besser, den Vorhang zum Umkleidebereich zu schließen. Verlegen blicke ich sofort in den Bereich, in dem Sie einer wahren Königin auf einem der Sessel thronen und sehe mit Erschrecken, dass tatsächlich die Stelle, an der ich zuvor noch das Privileg hatte, Ihre angebeteten Zehen zu küssen, für jeden gut einsehbar ist, bedanke mich mit hochrotem Kopf und eile zurück zu meiner Königin.

Lady Kim

Ein schelmisches Lächeln umspielt meine Lippen bei seiner Rückkehr, als er mir stolz seine Auswahl zeigt. „So mein Lieber, würdest du mir nun bitte testweise die Strümpfe anlegen? Weißt du eigentlich wie man Seidenstrümpfe anzieht?" Sein zaghaftes Nicken lässt mich vermuten, dass er das theoretische Wissen dazu hat, aber es noch nie wirklich bei einer Frau praktisch umgesetzt hat. Doch bevor er sich ans Werk macht, versucht er verzweifelt, an dem schweren Vorhang, der den Vorbereich der Umkleidekabinen vom Geschäftsraum trennt, zu ziehen. Vergeblich zieht er mehrere Male daran, doch nur wenige Zentimeter bewegt sich der schwere Stoff. Ich habe natürlich sofort durchschaut, was der Anlass für diese Aktion ist, denn als die Verkäuferin zuvor in die Richtung der Kabinen gedeutet hat, fiel mir auf, wie mein kleiner Fußanbeter sein zuvor betont lässiges Verhalten, mit dem er bestimmt verbergen wollte, dass er mir und meinen Füßen verfallen ist, augenblicklich in meine Richtung blickte und mit schockierten Gesichtsausdruck puterrot anlief, weil er realisierte, was ich natürlich schon wusste. Dass ohne den Vorhang seine Erniedrigungen für jeden gut sichtbar sind. Vergnügt lasse ich ihn eine kurze Zeit gewähren, nur um ihm, bevor er endlich den Kampf mit dem Vorhang gewonnen zu haben scheint, zu befehlen, den Vorhang wieder ganz zu öffnen und er mir die Nylons zu präsentieren habe!

Verlegen blickt er sich um, kommt aber natürlich sofort meinem Befehl nach. Er öffnet, sich dabei panisch umher blickend, den Vorhang und reißt die Packung auf. Ich sehe sofort, der Umgang mit dem zarten Gewebe ist eine echte Herausforderung, bis er dann endlich den Eingang gefunden hat. Er setzt den Strumpf an meiner Zehenspitze an und: „STOPP! Kai! Was soll denn das werden? Du willst mir die Strümpfe doch wohl nicht einfach so über die Ferse ziehen? Ich bitte dich! DAS überlebt kein Damenstrumpf! Komm du Anfänger, ich will es dir zeigen." Mit diesen Worten nehme ich meinem hilflos zuschauenden Sklaven den zarten Nylon aus der Hand. „Zuerst hältst du den Strumpf in beiden Händen und merkst dir, wo vorne und hinten ist und nimmst dann, mit beiden Händen und Fingern gleichzeitig, Lage für Lage seitlich parallel zur Naht vorsichtig auf. So aufgeschoppt setzt du den Strumpf richtig herum an meine Zehen an und gibst gleichzeitig mit dem Hochziehen des Strumpfes Lage für Lage des Stoffes wieder frei. Voilà, und schon ist er angezogen! Nun bist du dran."

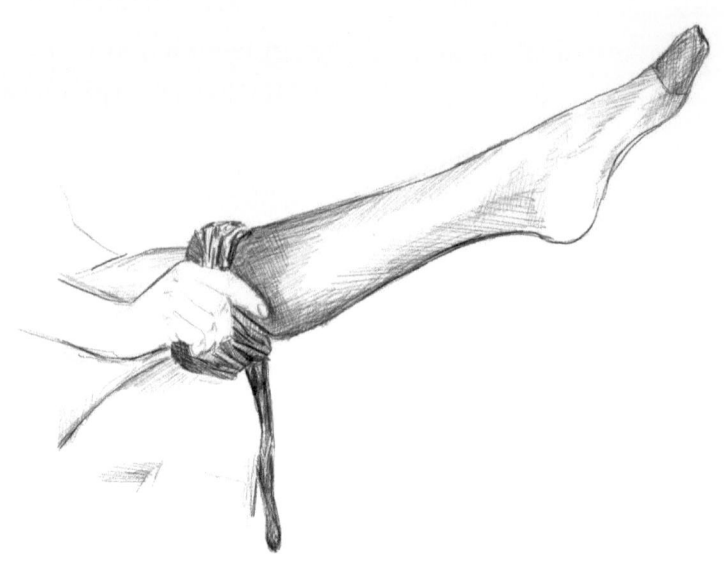

Er nickt ehrfurchtsvoll und versucht es vorsichtig aufs Neue. „Stopp! Himmel, so wird das Nichts! Ich denke, du wirst zunächst einmal üben müssen. Hier!" Und schon strecke ich ihm das Päckchen Billig-Feinstrumpfhosen in XXL aus dem dm-Markt entgegen. Verschwinde hinter den Vorhang und lege dir die Strümpfe an. Ach ja, deine Unterhose wird das Tragegefühl einer Strumpfhose verfälschen und auch deine Socken kannst du in diese Tüte hier geben. Du wirst sie bis auf weiteres nicht mehr brauchen." Ungläubig sieht er mich an und schluckt bei der ihm aufgetragenen Demütigung sichtlich, aber er verschwindet dennoch tapfer hinter dem Vorhang der Umkleidekabine. Ein wenig später taucht seine Hand mitsamt der geforderten Kleidungsstücke wieder vor dem Vorhang auf. Zusammen mit einem leise gemurmelten, „Bitte sehr, hier die Kleidungsstücke, wie sie Mylady wünschten."

Jetzt kann ich mich nicht mehr beherrschen, ziehe in einem Schwung den Stoff beiseite und lache herzlich beim unschuldigen Anblick meines schamgeröten Untertans in zarter hautfarbener Strumpfhose und mit kunterbunt lackierten Fingernägeln: „Das steht dir ja vorzüglich! - Los dreh dich ein wenig!" Natürlich streiche ich über seinen Hintern bei dieser optischen Steilvorlage, um ihm dann einen ordentlichen Klaps darauf zu setzen und an den Oberschenkeln entlang. Ich zupfe einmal hier und einmal dort am Bein und erwische zufällig, ohh das tut mir aber Leid, ein paar Beinhaare und lasse dann abschließend das Bundgummi ein wenig schnalzen, während ich ihn unaufhörlich prüfend muster. „Sehr gut! Nun zieh dich wieder an! Jetzt wirst du wohl soweit sein, um mir meine edlen Nylons gekonnt anzulegen."

Seine Hände sind eiskalt vor Aufregung, als er meine Haut berührt. Ich grinse ihn vielsagend an und ziehe auffordernd meine Augenbrauen in die Höhe. Gleichzeitig rutsche ich ein wenig nach vorne und lüfte weit meinen Rock nach oben, bis er einen Ansatz meines Spitzenhöschens sehen kann, welches ihn vorwitzig anleuchtet. Und schwupps - sehe ich wieder ein Hauch von Rot auf seinen Wangen und ein flüchtiges Zucken um seine Augen. Ach, wie schnell er doch aus der Fassung zu bringen ist. Wie nett es immer aussieht, wenn er versucht, diesen Zustand zu überspielen, während er das eben gelernte ehrfurchtsvoll umzusetzen versucht. Vergnügt wackle ich mit meinen Zehen. Nach etlichen Mühen gelingt es ihm tatsächlich, die Strümpfe unbeschadet heraufzuziehen. Gleich darauf springe ich spielerisch

ungeduldig auf und drehe mich vor dem immer noch
Knienden im Kreis, sodass mein Rocksaum ihm um den
Kopf fliegt und sein Gesicht streift. Schon wieder ist
ordentlich viel Bein zu sehen.

„Nun musst du bitte die hintere Naht kontrollieren und
wehe, wenn sie schief sitzt!" Seine kalten Hände
streichen erneut über das glatte, seidige Material und
richten und zupfen und streichen die Strümpfe perfekt
glatt. „Na, siehst du mein Kleiner. - Wir müssen eben
einfach Geduld haben! Zur Belohnung gib mir noch
einen Kuss auf meine Fußsohlen und dann lass uns
weiterziehen!" Ich knicke leichtfüßige einen und dann
den anderen Fuß nach hinten und überstrecke meine
Zehen dabei. Sofort haucht es ergeben zart auf meine
Sohlen.

Als wir endlich gemeinsam wieder vor den Laden
treten, atmet mein braver Begleiter sichtlich erleichtert
auf. Nur, um ihn nochmals an sein Unterkleid zu
erinnern, fahre ich provokant über seinen Hintern und
kneife einmal kräftig zu, streiche dann weiter an seinem
Oberschenkel entlang, wobei sich der Stoff seiner
Anzughose wegen der darunterliegenden Strumpfhose
leicht verschiebt und ihm schon wieder eine leichte zart
rosa Tönung im Nacken wegen des ungewohnten
Hautgefühls beschert. „Lass uns nach rechts gehen.
Jetzt, da ich so schöne Wäsche besitze, möchte ich auch
noch auf einen Sprung bei einem Juwelier

vorbeischlendern. Vielleicht finde ich noch ein passendes Accessoire…."

Wir biegen rechts in die Dienerstraße und schlendern schon bald der Oper entgegen bis wir in der Perusastraße vor Tiffany&Co stoppen. „Was meinst du, mein kleiner Kai, finden wir hier etwas Passendes?" Schon analysieren wir die Auslage im Schaufenster: Glitzer und Glamour, Diamanten und Edelmetall, alles gibt es in Hülle und Fülle…
Kai starrt suchend in die Auslage, unfähig mir auch nur einen Tipp zu geben welches der Stücke ein für mich Passendes ist. Er ist damit schlichtweg überfordert. Ich lächle, denn bis jetzt weiß er noch nicht, dass ich bereits einen besonderen Plan für ein Andenken an unseren Shoppingtag in München vorbereitet habe.
„Weißt du Kai, natürlich könnte ich mich mit jedem dieser Stücken schmücken… Aber wenn ich ehrlich bin, identifiziere ich mich mit keinem dieser Brillanten. Sie glitzern zu hell und geben ihr Geheimnis zu offen preis… Komm, wir gehen weiter. Ich kenne einen romantischen Ort ganz in der Nähe, den will ich dir zeigen." Bald darauf streifen wir den Odeonsplatz um dann rechts in den Hofgarten abzubiegen.

Sofort scheint es ruhiger zu sein. Es ist, als lassen wir den Einkaufstrubel an der Leopoldstraße hinter uns zurück. „Hier Kai, das ist mein Lieblingsort. Ähnlich wie du besondere Erlebnisse im Englischen Garten hattest, habe ich sie hier. Nur ein wenig anders… Doch auch bei mir handelt es sich um Romanzen. Lass dich überraschen." Wir gehen die Kieswege entlang schnurstracks auf den Dianatempel in der Mitte des Gartens zu.

Erst ganz leise, nur für Eingeweihte erkennbar, kann ich bereits die mir vertrauten Klänge aus der Kuppel des Tempels wahrnehmen. Sie werden beim Näherkommen immer deutlicher. Auch eine kleine Gruppe von Personen, die dort stehen, sieht man jetzt. All das hat Kai wohl noch nie so miterlebt und ich bin gespannt, wie er reagiert, wenn ich ihm einen meiner leidenschaftlichen Orte zeige.

Kai geht neugierig, die Ohren gespitzt jedoch immer unsicherer hinter mir, je näher wir uns der Musik nähern. Er trägt stolz meine rosa Dessoustasche und mittlerweile auch meine Handtasche.

Ich hingegen kann nicht anders. Meine Schritte werden, je näher wir kommen anmutiger und graziler. Wie eine Raubkatze auf der Pirsch gehe ich mittlerweile anmutig aufrecht, um mit einem kurzen Nicken in die Runde die umherstehenden Paare und die Einzelpersonen zu begrüßen.

Wir stehen nicht lang und ein klitzekleiner Zwinkerer,

ein Cabeceo, eines Mannes wird von mir mit einem fast unsichtbaren Augenaufschlag beantwortet und ich beginne einen Tanz mit einem mir Unbekannten.Er ist sehr innig und sehr erotisch. Es ist ein Entschweben für eine Tanda, in der ich dem Mann meine Beine schenke und er sie durch minimales Führen dorthin bewegen darf, wohin er möchte. Ich weis nicht, was als nächstes kommt. Alles ist Improvisation. Ein Fühlen und die Antwort auf diesen Moment. Für mich fühlt es sich manchmal an wie Sex auf der Tanzfläche. Eine völlige Hingabe für die drei Lieder der Tanzrunde. Man verliebt sich für die Zeit des Tanzes, ist ein Paar und entliebt sich, während der Mann die Dame danach wieder entlässt.

Entgeistert steht Kai währenddessen am Rand der Tanzfläche und lässt mich keinen Moment aus den Augen.

Während ich tanze, vergräbt er dann doch, obwohl er sie so stolz trägt, seine bunten Fingernägel tief in der Hosentasche. Er kann nur noch auf meine Füße achten, die nun aufreizend, zufällig vor ihm Kreise auf dem Boden zeichnen, um dann am Bein des Tänzer aufzufahren und schwungvoll wieder in ihre Ausgangsposition kommen.
Alle Paare auf der Tanzfläche drehen sich im Kreis in eine Richtung. So kommen sie sich nicht in die Quere.

Tango im Dianatempel - Kai

Ihre Worte fesseln mich natürlich sofort! Lieblingsort,
besondere Erlebnisse… Kann es etwas Aufregenderes
geben, als zu erfahren, was diesen Ort so speziell
macht? Ich kenne den Hofgarten natürlich aus meiner
Zeit in München. Anders als der Englische Garten rund
um den Chinesischen Turm, Eisbach und Monopteros

habe ich hier keine persönliche Bindung. Doch es ist wunderschön hier! Und geheimnisvoll! Denn aus der Mitte des Gartens dringt Musik zu uns. Noch sind wir zu weit entfernt, auf dass ich erkenne, um welche Musik es sich handelt. Doch ich sehe an Ihrem Lächeln, dass für Sie diese Klänge keineswegs neu sind! Und schon übergeben Sie mir Ihre Handtasche, die ich jetzt die Ehre habe, für Sie zu tragen, zusätzlich zu den riesigen rosa Agent Provocateur Taschen, in der Ihre liebreizende sexy Wäsche in mehreren edlen in schwarzen Samt ausgekleideten Kartons liegt. Ist es mir peinlich, beides für Sie zu tragen? Im Gegenteil: Ich bin so stolz wie selten zuvor in meinem Leben, dass Sie mich kleinen Fußanbeter als würdig genug erachten, Ihnen zu dienen. Deshalb trage ich nicht nur Ihre Taschen, sondern auch meine lackierten Fingernägel mit dem Stolz des Sklaven, der das unverschämte Glück hatte, von der göttlichsten Herrscherin auf Erden erwählt worden zu sein. Sogar die anfangs verhasste Strumpfhose, die Sie mir nicht erlaubt haben auszuziehen, obwohl ich Sie mehrmals darum bat, habe ich liebgewonnen. Ist Sie doch ein weiteres Symbol Ihrer absoluten Herrschaft, die Sie mir schenken und für die ich Ihnen so unendlich dankbar bin. Aber heiß ist es mir schon in dem Ding!

Mit einer Eleganz, die ich bis heute bei niemandem gesehen habe, schreiten Sie in Richtung der Musik. Je geringer die Distanz wird, desto mehr scheinen Sie zu schweben. Ihr Gang ist inzwischen so aufrecht, so grazil, dass ich meinen Blick nicht mehr von Ihnen nehmen kann. Ich bewundere Ihre Füße, die bei jedem Tritt kaum noch in Berührung mit dem staubigen Kies zu kommen scheinen und Ihre sagenhaft sexy Beine! Endlich sind wir so nah, dass ich die Musik identifizieren kann. Als ich mich zwinge, meinen Blick von Ihren liebreizenden Fersen zu lösen, sehe ich den Dianatempel des Hofgartens ganz nah und ich sehe Menschen, die kreisförmig um die runde Mitte des Tempels stehen. Darin die Tänzer, die in wunderschönen Kleidern und eleganten Anzügen zusammengekommen sind, um Tango zu tanzen. Und ich sehe an Ihrem strahlenden Gesicht, dass wir angekommen sind an Ihrem Lieblingsort!

Nicht nur Sie strahlen, sondern auch die umstehenden Tänzer und Tänzerinnen! Es scheint, dass sich die ganze Community über Ihr Erscheinen freut. Sie begrüßen reihum, wechseln dabei mal mehr, mal weniger Worte. Im Gespräch mit mancher Dame blicken Sie in meine Richtung. Das anschließende Gelächter lässt mich erschaudern, denn in meiner Fantasie höre ich schon folgende Konversation: „Sag mal Kim, wer ist denn dein Begleiter? Sein Blick klebt ja förmlich an dir. Das ist doch sicher nicht dein neuester Tanzpartner, sondern bestimmt dein neuestes Opfer? Er sieht so niedlich aus mit deiner Handtasche und den lackierten Nägeln. Den musst du mir unbedingt mal ausleihen, meine Liebe!" Instinktiv versuche ich, meine bunt lackierten Nägel nun doch vor den Blicken zu verbergen, was mir aber aufgrund des Tragens der Tüten und Ihrer Handtasche natürlich nicht gelingt.

Doch egal, denn viel schlimmer als der imaginäre Spott der Damen ist meine Eifersucht auf die Herren in der Runde. Die ignorieren mich nämlich komplett. Sie haben nämlich nur Augen für Sie! Jeder, den Sie begrüßen, hat sofort ein ganz besonderes Strahlen im Gesicht. Mancher verbeugt sich, mancher haucht einen angedeuteten Kuss auf Ihre Hand, manch einen küssen Sie freundschaftlich auf die Wange. Doch noch unerträglicher ist ein junger, gutaussehender Tänzer, der die ganze Zeit so wie ich gebannt zu Ihnen blickt. Groß, athletisch, fantastisch gekleidet und charismatisch. Ich hasse ihn auf der Stelle! Zum Glück scheinen Sie ihn nicht zu kennen, denn Sie begrüßen ihn nicht wie die Tänzer zuvor, doch es ist klar, dass Ihnen sein zutiefst aufdringliches und indiskretes, fast schon lästiges Starren nicht verborgen bleibt. Ich beobachte die Situation wie ein Detektiv aus der Ferne und bin wie gelähmt, als ich bemerke, wie sich Ihr und sein Blick treffen. Er verbeugt sich kaum sichtbar, und Sie schenken ihm einen klitzekleinen Zwinkerer - einen Cabeceo! Meine Hände ballen sich zu Fäusten, als ich sehe, wie der Schönling sich Ihnen mit katzenartiger Eleganz nähert. Dann, ohne ein einziges Wort zu wechseln, verneigt sich der adonishafte Jüngling grazil und nimmt Sie anschließend in den Arm, um mit dem ersten Takt mit Ihnen förmlich davon zu schweben!

Anfangs hoffe ich noch, dass wie so oft Schönheit talentfrei ist, doch sogar ich Banause erkenne sofort, dass er tanzt wie ein junger Gott. Anfangs noch voller Neid verfolge ich die Eleganz der Bewegungen, die perfekten Schwünge, die Erotik des Augenblicks. Doch nach und nach legt sich mein Neid, meine Eifersucht, meine Hoffnung auf einen noch so kleinen Fehler oder Stolperer. Denn ich sehe, wie Sie den Moment genießen, wie Sie auf einer Woge der Erfüllung dahinschweben. Ihr Lächeln, das sich manchmal Bahn bricht in ein ach so bezauberndes Lachen, wenn Sie ein besonderes Manöver besonders begeistert und Ihr augenscheinliches Glück macht mich augenblicklich froh. Nach einer besonders gelungenen Kombination von Tanzschritten und Tanzfiguren werde ich wieder eingeholt von meiner Eifersucht, als der Adonis beginnt, Ihr Bein an seinem entlanggleiten zu lassen. Gott, wie gefangen ich bin von diesem atemberaubenden Schauspiel. Anfangs streift Ihr Unterschenkel, Ihr Fuß wie zufällig sein Bein. Doch schon bald ist klar, dass Sie ihn auffordern, dass Sie ihm Ihre Schenkel und Beine für diesen Tanz schenken. In einem Moment der – jedenfalls für mich – puren Erotik, gleitet Ihr Fuß an seinem Bein hinauf, verharrt dort eine halbe Ewigkeit, während er mit Ihnen eng umschlungen im Rhythmus der Musik sich hin und her wiegt, bevor er Ihr Bein und Ihren Fuß wieder freigibt. Ich halte den Atem an bei diesem Schauspiel und alle negativen Gefühle sind verschwunden. Das einzige, was ich empfinde in diesem Moment, ist die tiefe, aufrichtige Dankbarkeit, dass Sie mich erkoren haben, Ihnen dienen zu dürfen, dass Sie mir erlauben, Ihnen meine Hingabe zu schenken!

Dieses Schauspiel wiederholt sich während der gesamten Tanda mehrere Male, doch mit jedem Mal ist die Intensität gesteigert! Die knisternde Erotik, die zwischen Ihnen und Adonis liegt, ist für jeden fühlbar, doch die meisten achten nicht auf Sie. Ganz anders ich, der keine Sekunde Ihres verführerischen Tanzes verpasst. Und ich kann nur noch auf Ihre Füße achten, die aufreizend, zufällig vor mir Kreise auf dem Boden zu zeichnen scheinen, um dann wieder am Bein des Tänzers aufzufahren und dann schwungvoll wieder in Position zu kommen. Und mit jedem Moment, mit jedem Takt, mit jeder erotisierenden Bewegung im Tanz kommt mir nur ein einziges Wort in den Sinn, wieder und wieder: Göttin! Dort im Dianatempel zu München tanzt eine wahre Göttin, meine Göttin! Mein erhabene Hoheit Kim. Die so gnädig war, mich zu Ihrem Anbeter werden zu lassen, die ich vergöttere, der ich zur Verfügung stehe, mit allem, was ich bin. Der ich verfallen bin in absoluter Hörigkeit und deren Beachtung, deren simple Berührung, und sei es nur mit Ihrer Fußspitze, eine Aufwertung meiner Existenz darstellt. Am Ende des letzten Tanzes stehen Sie und Adonis eng umschlungen genau in der Mitte des Dianatempels. Ihr liebreizender Fuß in der so zauberhaften Sandalette ist hochgezogen und berührt seinen Schenkel, Ihre Lippen sind nur Millimeter von den seinen entfernt. Ich sehe in beiden Blicken erotische Ekstase, ein Prickeln, ein Lächeln, das mich einen Stich im Herzen spüren lässt. Zunächst ganz sacht, doch mit jeder Sekunde wird der Schmerz tiefer, gemeiner, böser! Und als ich ihn etwas in Ihr Ohr flüstern sehe, und als Ihre Reaktion Ihr zauberhaftes Lachen höre, abgelöst von einem beglückten Lächeln und einem flüchtigen Kopfnicken, bin ich nicht nur von Eifersucht erfüllt, sondern für einen kurzen Moment auch von purem Neid! Nicht auf seine Jugend, sein Aussehen oder seine Physis, sondern darauf, mit Ihnen, meiner angebeteten Hoheit, der ich einzig und ewig nur zu Füssen liegen will, auf Augenhöhe zu verkehren. Für diesen kurzen Moment stelle ich mir vor, an seiner Stelle zu sein. Wie es wäre, Sie im Tanz zu verführen. Erregt fantasiere ich, wie ich Ihnen nach der Tanda ins Ohr flüstere: „Danke für den Tanz! Du bist unglaublich! Ich will dich! Am Wochenende! Alle deine Begierden werde ich befriedigen, so wie du es willst! Bitte sag ja!?"

Doch umgehend stelle ich fest, dass Ihnen ein sexuelles tête-à-tête vorzuschlagen nicht Auslöser meiner Erregung ist, sondern die sofort einsetzende Vorstellung, Sie bei der Vorbereitung auf ein erotisches Treffen mit diesem jungen Gott vorbereiten zu dürfen. Und schon sehe ich mich nicht mehr Ihnen mein promiskes Angebot ins Ohr flüsternd, sondern mich vor Ihren Füßen kniend, demütig Ihre Zehennägel lackierend und trocken pustend. Ich sehe, wie ich Ihnen zu erotischer Garderobe rate und Ihnen helfe, sie anzuziehen. Um Sie zu verwandeln in eine Sex-Göttin, aber nicht für mich, sondern für diesen Jüngling dort. Auf dass sein Körper absolut erregt von Ihrem sexy Anblick zu Höchstleistungen aufläuft und Ihnen nach allen Regeln der Kunst zur Verfügung steht, Ihnen absolute Befriedigung zu schenken.

Dieser Gedanke ist nur flüchtig, denn ich sehe, wie Sie mit Adonis in meine Richtung schlendern. Dabei unterhalten Sie sich angeregt mit ihm, blicken dabei mehrmals in meine Richtung. So oft, dass auch er mich endlich wahrnimmt. Dann folgt noch eine kurze Unterhaltung, darauf ausgelassenes Lachen. Schon stehen Sie mit ihm vor mir. Sie steigern meine Eifersucht und Erregung ins Unermessliche, als Sie mich wie einen wahren Lakaien anweisen, Adonis' Telefonnummer in ein Notizbuch aus Ihrer Handtasche zu notieren und außerdem ihm Ihre Visitenkarte zu reichen. Dabei erklären Sie mir noch, welch begabter Tänzer Adonis doch sei und dass Sie schon bald herausfinden wollen, welche anderen Begabungen er hätte. Dann verabschieden Sie ihn mit einem Kuss auf die Wange: „Bis zum Wochenende." Woraufhin er erwidert: „Ich kann's kaum erwarten.", und endlich ist er entschwunden.

Ich weiß, Sie erkennen meine Gefühle, meine Eifersucht, meine Erregung. Wohl auch deshalb bemerken Sie erheitert und beschwingt, dass Ihre schönen Schuhe total staubig geworden sind und außerdem: „Ich gebe es ungern zu, sind mir die Absätze wohl doch ein wenig zu hoch… Wollen wir uns vielleicht dort hinten unter dem Baum in den Schatten setzen? Damit du dich um beides kümmern kannst, mein lieber, einzigartiger, eifersüchtiger, erregter und sich nach meiner Herrschaft und meinen Füßen verzehrender Kai?"

Ihre Worte verfehlen ihre Wirkung natürlich nicht! War ich nach dem erotisierenden Tango und konfrontiert von Adonis Ihnen bereits komplett verfallen mit Haut und Haar, so gibt es im Moment nichts, was ich mir mehr ersehne, als Ihren Schuhen und Füßen nahe zu sein. Also nicke ich unweigerlich, denn zum Sprechen fehlt mir die Stimme und folge Ihnen wie ein treues

Hündchen zur Bank. Abseits vom Trubel um die Tangotänzer und vom Hauptweg sind wir so gut wie ungestört, denn der Dianatempel mit der Musik wirkt wie ein Magnet auf Besucher des Hofgartens.

Und so sinke ich in dem Moment, in dem Sie sich setzen, auf die Knie, hebe Ihre Peter Kaiser Sandaletten aus dem Staub, senke meinen Kopf und küsse verliebt Zeh um Zeh. Dabei kommen meine Lippen nur ganz sanft mit Ihrem Fuß in Berührung. Dennoch schmecke ich den Staub des Hofgartens in meinem Mund. Schließlich kann ich nicht anders als meinen Kopf noch weiter zu senken, um zunächst den Boden, auf dem Ihr zauberhafter noch vor einem Moment stand, zu küssen und schließlich Ihrer staubigen Schuhsohle mit innigen Küssen zu huldigen.

Sie lassen mich gütig gewähren, denn Sie verstehen nur zu gut, wie wichtig es mir ist, Ihnen in diesem Moment nach dem Erlebten meine Ergebenheit, meine Anbetung, meine Bewunderung, meine absolute Hingabe zu beweisen. Doch schon spüre ich Ihre Hand in meinen Haaren, durch die Sie streichen, wie wenn Sie einen Hund streicheln, der zu Ihren Füßen kauert. „Schon gut, mein kleiner Lakai, schon gut. Hab' keine Angst, Adonis wird dich nie ersetzen! Leute wie ihn gibt es beliebig oft und vielmals steckt hinter der schönen Fassade nicht sehr viel. Aber ein schöner Zeitvertreib kann er schon werden. Doch Perlen wie dich, mein lieber, anbetender, sich verzehrender Kai, die bereit sind, sich mir komplett zu unterwerfen, sich bedingungslos zu fügen in meine Führung, die mich so ergeben vergöttern, gibt es sehr, sehr selten! Wenn du so wie jetzt im Staub zu meinen Füßen liegst und in verzückter Verliebtheit dich vor mir aus freien Stücken zutiefst erniedrigst, gibst du mir tatsächlich das Gefühl, einzigartig, königlich, eben deine Göttin zu sein. Und es ist für mich ein berauschendes Gefühl, etwas so Entzückendes wie dich als mein unbeschränktes Eigentum zu besitzen. Vielen lieben Dank dafür!

Vor dir gab es nur eine transsexuelle Zofe, die mir durch Ihre Devotion ein ähnliches berauschendes Gefühl bescherte. Sie war wunderschön und ähnlich verliebt in meine Füße wie du. Leider ist sie weggezogen und wir haben nicht einmal mehr online Kontakt. Doch ich denke mit großer Freude an die Erlebnisse mit ihr zurück. Und deshalb, mein lieber Kai, würde ich dich gerne um einen Gefallen bitten. Doch bevor du in blinder Ergebenheit 'Alles was Sie wünschen, Lady Kim, Ihr Wunsch ist mir Befehl' antwortest, lass mich erklären, was es mir bedeuten würde. Ich weiss, mein Gefallen wird dir einiges abverlangen! Und ich werde nicht böse sein, wenn du mich bittest, davon abzusehen. Ich werde deine Entscheidung ohne Wenn und Aber respektieren, und wir machen dann einfach weiter in unserem Programm an diesem so wundervollen Tag. Was meinst du?"

Mit diesen Worten richten Sie meinen Oberkörper und Kopf auf, sodass ich nun aufrecht vor Ihnen knie. Sie küssen, ohne dass Ihre Lippen mich wirklich berühren, meine Stirn. Mein Herz macht sogleich einen Satz und ich fühle mich in einer seltsamen Mischung aus Demut und Stolz so glücklich wie selten zuvor in meinem Leben und komme sofort Ihrer Einladung nach, mich aus dem Staub zu erheben und neben Ihnen auf der Parkbank Platz zu nehmen....

„Mein braver Kai, mein artiger, devoter Fußanbeter. Lass mich dir mehr von meiner bezaubernden Zofe erzählen. Ähnlich wie du, doch nicht so stark, fühlte sie sich zu meinen Füßen hingezogen. Und sie war es, die mir überhaupt erst durch ihre devoten Reaktionen das Thema Füße näherbrachte. Durch sie lernte ich es erotisch zu verknüpfen. Dass ich es genieße, wenn du meinen Füßen huldigst, hast du also streng genommen ihr zu verdanken. Jedenfalls genoss ich ihre Unterwerfung sehr. Sie war wunderschön, intelligent und mir treu ergeben. Ich befeuerte Ihren Fetisch für hochhackige Schuhe, ließ sie zum Beispiel bei mir im Haus die Treppe rauf und runter stöckeln, immer wieder. Nun ja, leider ist sie weggezogen, aber ein Andenken an sie ist geblieben, ich trage es sogar heute mit mir. Vielleicht hast du es ja bei einer deinen heutigen Annäherungen an meine Sandalen bemerkt.

Meine Zofe küsste mir nämlich einst diese Peter Kaiser Sandaletten und an einer Stelle ist immer noch ein kleiner Fleck von ihrem Lippenstift sichtbar. Ich habe diese Schuhe mit Bedacht gewählt, denn ich dachte, es wäre ein gutes Omen, wenn ich sie heute bei unserem Abenteuer trage. Also, mein bezaubernder Fuß- und Schuhverehrer: Eine Passion meiner Zofe war es, mir die Nägel zu lackieren. Ich meine natürlich, die Nägel meiner Füße. Und deshalb, um der alten Zeiten willen: Würdest du mir den Gefallen tun und mir meine Nägel lackieren, hier und jetzt? Und im Anschluss daran meine Sandalen küssen, so wie sie es damals tat?"

Erleichtert strahle ich Sie an und bewundere Ihre Empathie! Noch vor Minuten stellten Sie fest, dass Ihr Gefallen mir einiges abverlangen wird. Und sicher, hier in der Öffentlichkeit Ihnen die Zehen zu lackieren und Ihre Sandalen zu küssen, wird mich Überwindung kosten, doch es wird letztendlich ein Vergnügen sein. Dass Sie, meine wundervolle Eigentümerin, es so wertschätzen, dass ich mich in der Öffentlichkeit vor Ihnen erniedrige und es als großen Gefallen ansehen, macht mich umso stolzer. Also verkünde ich: „Nichts lieber als das, Lady Kim." Und, um noch einen draufzusetzen, um Ihnen zu zeigen, wie souverän und gerne ich Ihren Herzenswunsch erfülle, halte ich Ihnen meine buntlackierten Fingernägel entgegen. Dabei scherze ich wohlgelaunt: „Na Lady Kim, welche Farbe darf es denn sein?" Doch wegen meiner Selbstsicherheit entgeht mir wieder einmal ihr leicht dämonisches Lächeln. Ihre folgenden Ausführungen zeigen mir erneut, welch wunderbar kreative Königin mich Ihr Eigentum nennt.

Zunächst lassen Sie sich von mir das größte der Agent Provocateur Pakete reichen, um es dann mit einem fröhlichen:„Tada! Ich präsentiere: Dein Kostüm für´s Nägel lackieren und Sandalen küssen," zu öffnen. Darin sehe ich einen schwarzen Rock, eine weiße Rüschenbluse und eine schwarze Pagenkopf-Perücke. Sofort kommt mir Freddy Mercury im Video 'I want to break free' in den Sinn und ich lache dezent auf, denn ich vermute einen – sehr gelungenen – Scherz. Doch ich sehe sofort in Ihrem Gesicht, dass dies der Gefallen ist, zu dem Sie sich zuvor zurecht äußerten, dass er mir einiges abverlangen wird: Sie wollen, dass ich Ihnen als Zofe hier im Hofgarten die Nägel lackiere und die Sandalen küsse. In Reminiszenz an Ihre geliebte Transzofe…

Vergnügt sehen Sie in mein verdutztes Gesicht. Schon wieder haben Sie es geschafft, mich komplett zu überraschen! Sie sehen, wie ich mit mir ringe, Ihnen diesen Gefallen zu leisten und befeuern meine Scham, indem Sie mir befehlen aufzustehen, um mir den Rock wie bei einer oberflächlichen Anprobe vor meine Hose zu halten. Erst jetzt sehe ich, wie unfassbar kurz er ist.

„Hübsch", kommentieren Sie ironisch und streichen ihn glatt, aber nicht um eventuelle Falten zu entfernen, sondern um mich zu erregen. Und natürlich folgt meine Reaktion augenblicklich. Mit einem gemeinen Schmunzeln fragen Sie mich: „Wie gesagt, ich bin dir nicht böse, wenn du nicht meine Zofe sein willst. Aber was ich so unter deiner Hose fühle, gibt mir so eine Ahnung, dass du der Vorstellung nicht ganz abgeneigt zu sein scheinst. Oder zumindest dein kleiner Freund." Und mit den letzten Worten geben Sie mir einen spürbaren Klaps auf meine erigierte Mitte, der mich aufstöhnen lässt.

Gott, wie ich Ihre dominante Kreativität vergöttere! Obwohl es eine wirkliche Überwindung für mich darstellt, willige ich mit einem schüchternen, unmerklichen Nicken ein.

„Auf die Knie! Rutsche näher zu mir!", befehlen Sie in strengem Ton, um mir dann ein dezentes Rot mit Ihrem Lippenstift auf meine Lippen aufzutragen. Anschließend erhalte ich von Ihnen noch einen soften Eyeliner Lidstrich mit Ihrem Kajal und als Bonus drücken Sie mir Ihre Schuhsohle in meine nun wieder harte Körpermitte.

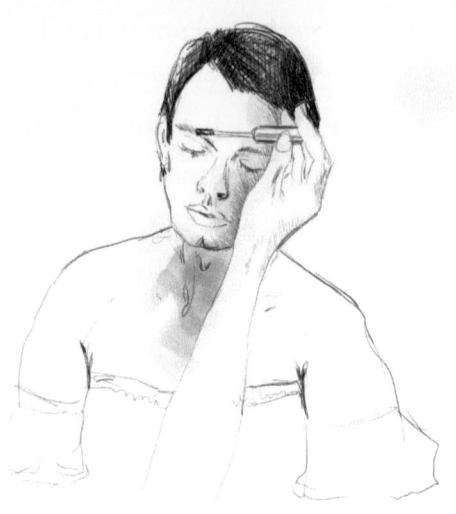

Mein erneutes Stöhnen amüsiert Sie augenscheinlich. Sie beschließen, dass wir uns besser ein ruhigeres Plätzchen für meine restliche Transformation suchen und gehen mit mir zu einem von Hecken geschützten Wiesenstück ganz hinten im Hofgarten. Dort angekommen, lassen Sie mich mein Hemd und meine Hose ausziehen, die ich wie eine Decke für Sie auf dem Rasen ausbreiten muss. Sie setzen sich sogleich und ich stehe nur in meiner transparenten, mit Laufmaschen übersäten Strumpfhose vor Ihnen, die ich ja noch immer ohne Unterhose trage. Vor Scham schaffe ich es nicht, Ihnen ins Gesicht zu sehen. Ich bemerke aber, dass Ihnen die Situation große Freude bereitet. Denn nachdem ich den Minirock und die sehr feminine Bluse angezogen habe, lassen Sie mich im Kreis drehen. „So kann ich dich von allen Seiten begutachten." Dann lassen Sie mich einen Hofknicks üben und Ihr Lachen bei meinen ersten unbeholfenen Versuchen ist so zauberhaft und demütigend zugleich. „Tiefer, Kai, viel tiefer! Mit deinem Knicks bekundest du deiner Herrschaft gegenüber deine Ehrerbietung. Zeig mir, wie hoch deine Ehrerbietung ist, Kai!"

Also gehe ich so weit in die Knie, wie ich nur kann, beuge dabei zusätzlich meinen Oberkörper nach vorne und neige meinen Kopf nach unten. Dabei rutscht mein Rock so weit nach oben, dass es das Gleiche wäre, ihn gar nicht erst zu tragen. „Bleib so!", befehlen Sie mir. Ich verharre bestimmt eine volle Minute in dieser erniedrigenden Position, bevor Sie mir fordernd Ihre Schuhsohle entgegenstrecken, die nun gut 5 Zentimeter von meinen roten Lippen entfernt ist. Der Drang, Ihnen die mit Staub bedeckte Sohle innig zu küssen, lässt mich meinen Kopf noch tiefer neigen. Doch bevor ich zum Kuss ansetze, verlagern Sie Ihren so wundervollen Fuß unter mein Kinn und richten meinen Kopf so weit auf, dass ich Ihnen ins Gesicht sehen muss.

Schmunzelnd stellen Sie fest, dass 'Kai' kein besonders passender Name für eine Zofe ist, und fordern mich auf, Vorschläge zu machen. Gott, wie weit wollen Sie mich noch erniedrigen, schießt es mir durch den Kopf. Dann kommen mir aber mit Luca, Sascha, und Robin Namen in den Sinn, die geschlechtsneutral sind und ich freue mich schon über meine Schlauheit! Doch Sie durchschauen natürlich augenblicklich meinen Plan: „Nein, Nein, mein Lieber, netter Versuch, aber wir wollen nicht schummeln. Meine Zofe muss schon einen gutbürgerlichen, femininen Namen tragen…" und zack, erhalte ich für meine Schummelversuch eine kräftige Ohrfeige mit der Sohle Ihrer göttlichen Sandalette.

„Wie gefällt dir Irmgard? Das wäre doch ein wunderbarer Name für dich". Ohne meine Antwort abzuwarten, die ein striktes Veto gegen diesen uralten, langweiligen, unsexy, ja prüden Namen gewesen wäre, setzen Sie mir Ihren Absatz auf die Stirn und ziehen ihn vom Haaransatz circa 2 Zentimeter nach unten. „Hihi, der Anfangsbuchstabe deines neuen Namens macht sich ganz ausgezeichnet auf deiner Stirn, meinst du nicht auch?"

Und an Ihrem wundervollen Lächeln und der Tatsache, dass Sie mir nun Ihre Zehen zum Kuss bieten, sehe ich, dass Ihnen meine Antwort gefällt. „Ja, Lady Kim, ich danke Ihnen aus ganzem Herzen dafür, denn es ist so passend. Denn so wie der Anfangsbuchstabe meines neuen Namens der Mittelpunkt in dem Ihrigen ist, so sind Sie zum absoluten Mittelpunkt in meinem Leben geworden." Ich küsse dabei zärtlich und verliebt den Staub von Ihrem dargebotenen Fuß…

„Für deinen ersten Tag als meine Zofe machst du dich gar nicht schlecht, Irmgard", loben Sie mich vergnügt, entziehen mir Ihren geliebten Fuß und lehnen sich lässig zurück auf Ihre Ellbogen.

„Sie sind zu gütig, Lady Kim. Aber ich muss noch so viel lernen, um Ihnen, meiner erhabenen Herrschaft, die perfekte Zofe zu sein, die Ihnen gebührt.", antworte ich und gehe dabei so weit in die Knie bei meinem Knicks, dass ich beinahe vornüberfalle. Sie kichern, setzen Ihre Schuhsohle auf meine Stirn, um mich abzustützen und mit einem beherzten Strecken Ihres Beins lassen Sie mich nach hinten kippen. Ich lande unsanft auf meinen Hintern, mein Rock rutscht dabei komplett hoch und meine Beine sind weit gespreizt, sodass sich durch die Strumpfhose mein Glied deutlich abzeichnet. Mir ist es unglaublich peinlich, so breitbeinig Ihren Blicken ausgesetzt zu sein, doch Sie verbieten mir, meine Beine zu schließen. Stattdessen halten Sie mir Ihre so zauberhaften, mit Strass besetzten Peter Kaiser Sandalen zwischen die Beine und befehlen mir, sie Ihnen auszuziehen. Dabei stoßen Sie wie zufällig mit der Schuhsohle immer wieder an mein steinhartes Glied und ergötzen sich an meinen zittrigen Händen, die verzweifelt versuchen, die Riemchen aus dem Verschluss zu lösen.

Ich bin kurz davor zu kommen, als es mir endlich gelingt, Ihren zweiten Fuß aus der Sandale zu lösen, doch mit einem netten, flüchtigen Klapps Ihrer angebeteten Zehen auf meine Hoden wissen Sie das zu verhindern. Ich zucke zusammen und mit gespielt ernster Stimme maßregeln Sie mich, keine 5 Minuten nach Ihrem Lob.

„Irmgard, bitte vergiss nicht deine Position! Ich habe vor, dich als Leibzofe an meinem Hof zu halten und du verhältst dich hier wie ein billiges Flittchen!"

Daraufhin befehlen Sie mich auf die Knie, doch erlauben mir erneut nicht, meine Beine dabei zu schließen. „Knie breitbeiniger, rufen Sie mir so lange zu, bis mein Rock wieder komplett nach oben gerutscht ist. Dann reichen Sie mir die dm-Markt Tüte, und lassen mich Ihre Zehennägel zunächst mit der Feile pflegen, dann mit den Pflegetüchern säubern und anschließend mit einer dreimaligen Lackierung perfekt zum Glänzen bringen.

Lady Kim

Einen meiner Füße mit wunderschön lackierten und trocken gepusteten Zehennägel entziehe ich dir nun und streiche mit diesem zart über dein Gesicht. Du schließt die Augen und beginnst dich dem Moment hinzugeben. Der Fuß lässt keinen Millimeter deines Gesichtes aus, erforscht deine Halsbeuge und den erneut sprießenden Bart mit dem Rist. Dann fahre ich vorsichtig deine Lippen entlang. Du kannst nicht anders und öffnest sie ein wenig. Darauf habe ich gewartet und dringe erst zart, dann immer fordernder in deinen Mund ein. Mittlerweile ist dein liebkosendes Küssen in ein Saugen übergegangen. Ich merke, es erregt dich. Während du nicht weißt, was dir als nächstes geschieht, während du meine Zehen liebkost, rutsche ich ein wenig näher.

Mein Fuß in deinem Mund raubt all deine Aufmerksamkeit, als du auf einmal wahrnimmst, dass sich auch mein zweites Bein auf Wanderschaft begibt. Ich fahre langsam dein Bein entlang. Du spürst es und hältst eine kleine Sekunde inne und öffnest deine Augen. Ich zwinkere dich wissend an und fahre besonders tief in deinen Rachen. Mit meinem anderen Fuß habe ich endlich dieses peinliche Laufmaschenloch ertastet, in das ich mit meinem großen Zeh eindringe, und- ratsch- reiße ich dir die Strumpfhose vom Leib. Dein Bein liegt frei und du stöhnst auf, als du den ersten Luftzug auf deiner Haut spürst und willst dich unvermittelt von mir weg strecken. Nein, falsch gedacht! Denn genau in diesem Moment entziehe ich meinen feucht geleckten Fuß deinem Mund und lege mein zuvor noch heiß geküsstes Bein auf deine Schulter. Ich knicke es leicht, es hält dich in Position. Du kommst mir nicht aus! „Na, kleine Irmgard wird dir ein wenig warm?"

Mit den Zehen fahre ich in deine Beinhaare und ziehe an. Wieder stöhnst du. Ich gleite zuerst mit der Zehenspitze und dann mit der Fußsohle über deinen Oberschenkel. Langsam, Millimeter für Millimeter, tastet sich mein Fuß höher. Ich erreiche den Zwickel der Strumpfhose, das letzte noch einigermaßen feste Stück Nylon.

Du reißt wieder deine Augen auf und wagst es nicht einmal mehr zu schlucken. - Das Knistern in der Luft ist unerträglich. „Ach Irmgard, hast du dich denn gar nicht unter Kontrolle?"

Mit dem Ballen hat mein Fuß sein Ziel erreicht. Warm, hart und pulsierend fühle ich dich, während uns nur noch der Stoff der Nylons trennt. Ich drücke mein Bein durch. Mein Fuß ist genauso lang wie deine erigierte Mitte - witzig denke ich … Es schmerzt dich. Du wünscht dir nichts sehnlicher, als endlich das elendige Stück Stoff loszuwerden und schließt erneut die Augen. Es fehlt nicht mehr viel und du wirst deine Kontrolle verlieren. Du spürst es - ich spüre es. Ein letztes Mal gleite ich mit meinem Rist tief unter dir entlang und langsam vor bis zu deiner Spitze. Es pumpt, du willst, zitterst am ganzen Körper, drückst dein Becken in meine Richtung, flehst: „Oh ja, bitte Lady Kim, bitte…" und schließt erneut die Augen…… Klatsch! Auf einmal trifft dich unvermittelt eine Ohrfeige und ich entziehe deinem Glied meinen Fuß…

„Irmgard, geht es dir gut?", lächle ich dich an, "irgendwie bin ich auf einmal ziemlich durstig - was meinst du, wir sollten weiterziehen!"

Anfangs enttäuscht, so nah am Orgasmus die Erlösung verwehrt bekommen zu haben, erinnere ich mich an Ihre vorherigen Worte, ich solle mich meiner Position entsprechend verhalten, und schäme mich, schon wieder versagt und meine Erregung nicht unter Kontrolle bekommen zu haben. Unfähig zu sprechen, richte ich mich auf, streichen meinen Rock nach unten, richte meine Bluse zurecht, und nicke mit dem Kopf, woraufhin Sie mir schallend lachend antworten.„Aber bitte doch nicht in diesem derangierten Zustand! Hier, jetzt verwandle dich schnell wieder in meinen gutaussehenden Kai. Da sind auch wieder deine Unterhose und deine Socken. Zieh die lieber auch wieder an!…"

Kai

Mit gemischten Gefühlen nehme ich Ihren Befehl entgegen, was mich zutiefst verwirrt. Eigentlich sollte ich froh sein, endlich mein albernes Zofen-Kostüm und meine Strumpfhose, die nur noch in Fetzen an mir hängt, loszuwerden. Doch die Erinnerungen, wie ich mich anfänglich unwohl fühlte, wie ich mich darin

135

geschämt habe, sind nicht die dominierenden! Denn ich weiss, meine hochgradige Erregung gerade eben kam nicht nur von der Nähe Ihres Fußes, sondern auch von der Vorstellung, wie es wäre, mich Ihnen in Wirklichkeit in Frauenkleidung zu unterwerfen. Und ich fühle tatsächlich so etwas wie Enttäuschung, und ganz tief in mir drinnen keimt eine Sehnsucht, die ich noch vor kurzem für unmöglich gehalten habe: Ihnen dienen zu wollen, und zwar als Zofe! Und anstatt mich umgehend und mit Freude umzuziehen, um so schnell wie möglich wieder zu Ihrem feschen männlichen Lakaien zu werden, zögere ich meine Verwandlung hinaus und flehe…

„Lady Kim, wenn ich Sie bitten dürfte, eine Sache würde ich gerne noch als Irmgard für Sie leisten dürfen. Ihre Zofe hatte damals Ihre Sandalen geküsst und einen kleinen Fleck hinterlassen, sagten Sie. Deshalb, ich flehe Sie an, Lady Kim, lassen Sie mich Ihren Schuh exakt an der gleichen Stelle küssen, aber bitte als Irmgard, nicht als Kai."

Mit einem äußerst zufriedenen Lächeln reichen Sie mir Ihre Sandale, deuten mit Ihrem Finger an die Stelle und initiieren mit: „Hier bitte küssen, Irmgard! Aber ich erwarte, dass du deine ganze Hingabe und Anbetung für mich in diesen Kuss legst. Zeige mir mit deinem Kuss, dass du deine Stellung kennst und liebgewonnen hast, dein Leben als mein Eigentum zu meinen Füßen zu führen, auch wenn ich dich als Zofe halte und nicht als Lakai!" Was folgt, ist die Huldigung Ihres Schuhs, die in der Intensität alles bisherige in meinem Leben übertrifft und Sie beobachten dann meine erneute Metamorphose von Irmgard, Flittchen, Leib- und Hofzofe, zurück zu Kai. Ihrem Gentleman-Sub, den Sie inzwischen als Ihr komplett höriges Eigentum wissen, der Ihnen so ergeben ist, wie ein Mensch einem anderen nur sein kann…

Im Schuhgeschäft

Abgeschminkt und ohne kunterbunte Fingernägel, Strumpfhose, Rock und Bluse fühle ich mich bereits nach wenigen Minuten wieder wie Kai. Ich wundere mich, was so ein bisschen Stoff und Farbe aus mir machen kann. Wieder ganz galanter Gentleman-Sub frage ich mit meinem männlichsten Bass-Stimme: „Na, wohin darf ich Eure Hoheit als nächstes geleiten", komme aber nicht umhin, mir vorzustellen, wie dieser Satz wohl geklungen hätte, als ich Ihren Fuß im Mund hatte, um hingebungsvoll an Ihren Zehen zu saugen. Und ob ich auch so männlich klang, als ich mit Ihrem Fuß auf der Spitze meines Glieds Sekunden davor war, in meine Strumpfhose abzuspritzen, als ich Sie mit: „Oh, ja bitte Lady Kim, bitte…" winselnd angebettelt habe, mich kommen zu lassen?

„Ganz bestimmt!", rede ich mir ein, als ich durch Ihre Worte in die Realität zurückgeholt werde.

„Meine Füße schmerzen, Kai. Hast du eine Idee, wo hier in der Nähe ein Schuhladen ist - vielleicht haben die was Bequemeres für mich?"

Sofort wechsle ich vom galant-sonoren Gentleman-Sub in den Kümmerer Modus und knie augenblicklich nieder, um Ihre strapazierten Füße in die Hände zu nehmen. Aber meinen Vorschlag, sie Ihnen gleich hier und jetzt zu massieren, lehnen Sie ab. „Danke Kai, aber ich denke, sogar mit deinen so grazilen, kleinen Händen würde mich jede Berührung schmerzen. Ich muss einfach nur aus diesen Schuhen raus so schnell wie möglich."

Als ich nach Ihren Worten unweigerlich einen Blick auf meine angeblich so grazilen, kleinen Hände werfe, fantasiere ich mich zurück in mein Irmgard-Kostüm und sehe mich erneut, wie ich mit meinen grazilen, bunt lackierten Fingerchen eine grazile Stickarbeit für Sie erledige.

Bei meinen vorgeschlagenen Luxusläden in der Maximilianstraße, rollen Sie nur mit den Augen und erklären mir nochmal: „In der Nähe, Kai! Und bequem!" Sie schütteln verzweifelt den Kopf, um mit einem: „Mir nach, Kai!", zurück zum Marienplatz zu schlendern.

Ungefähr 5 Gehminuten von meinem neuen Lieblingsladen Agent Provacateur bleiben wir vor einem riesigen Schuhgeschäft stehen. „Kai, diese Probier-Einweg-Füßlinge in den Schuhgeschäften mag ich nicht. Lauf also schnell noch mal zum dm-Markt und kaufe die hochwertigsten, die es dort gibt. Und wie gehabt: Ich erwarte dich in 15 Minuten zurück. Ich gehe derweil schon mal hoch in den 4. Stock, um mich in der Damenabteilung umzusehen."

700 Meter und 8 Gehminuten sagt mir Google Maps. Schon wieder bin ich bei Olympia. Diesmal auf der Mittelstrecke und renne so schnell es die riesigen Agent Provocateur Taschen zulassen. Ich führe bereits haushoch nach 200 Meter. Nach 400 Meter beginnt mein Vorsprung zu schwinden. Nach 600 Meter setzt das brutalste Seitenstechen meines Lebens ein und schließlich komme ich als Letzter durchs Ziel. Dennoch, ich habe die Strecke in knapp 4 Minuten geschafft. Es bleiben mir also gut 7 Minuten zum Einkauf. Wieder panisch schaue ich mich nach der nächsten Verkäuferin um. Ich erfahre, dass die Füßlinge neben den Strumpfhosen stehen, renne nach oben, checke die Regale und stelle schon wieder mit Erschrecken fest, dass die Füßlinge-Ultra-Deluxe aus feiner Spitze wie zuvor meine Billignylons es waren, ausverkauft sind. Dann habe ich ein weiteres Déjà-vu, denn ca. 2 Meter weiter als zuvor sehe ich wieder eine Angestellte, die

Regale befüllt.

„Bitte, haben sie 'Füßlinge-Ultra-Deluxe'?", und blicke dabei in dasselbe irritierend wirkende, kaugummikauende Gesicht wie zuvor.

„Nö, die gibt's nicht in Ihrer Größe!" „Das war nicht die Frage.", antwortete ich schon fast empört „Und wie kommen Sie darauf, dass die für mich wären?"

Doch dann fällt mein Blick auf die rosa Tüten in meinen Händen und ich erinnere mich an die Strumpfhose in XL, die ich zuvor von ihr erhalten habe und finde ihre Antwort geradezu scharfsinnig.

„Hören Sie, die Füßlinge brauche ich in Größe 37. Und bevor Sie wieder 'Nö, sind aus' sagen, schauen Sie doch bitte da in einem der Kartons. Bitte! Es ist wichtig!" Erneut kramt sie in den Kartons in einer Geschwindigkeit, die eine Erklärung dafür ist, warum sie immer noch Regale einräumt, wird fündig und reicht sie mir mit den Worten: „Ich drück Ihnen die Daumen, dass Ihre Frau, äh Eigentümerin, äh Lady sie nicht austauscht…"

Mit einem: „Danke", reiße ich ihr die Packung aus der Hand, dränge mich an der Kasse geschickt vor und renne so schnell ich kann zurück. Ich erreiche nach 17 Minuten den vierten Stock und halte verzweifelt Ausschau nach Ihnen.

Zum Glück erblicke ich Sie nach kurzer Zeit auf einem der Hocker thronend. Doch was mir zutiefst missfällt, ist der junge, äußerst attraktive, extrem unsympathisch wirkende Mann, der gerade vor Ihnen kniet und Ihnen wunderschöne Gewebe-Ballerinas mit weinroter Spitze anzieht.

„Oh, da bist du ja Kai. Du bist spät! Hatte ich nicht gesagt, du sollst spätestens nach 15 Minuten hier sein?"
„Ja Lady Kim, doch der Weg zum dm-Markt im Tal war schon weit – 700 Meter! Bitte entschuldigen Sie."

Nun mischt sich der junge, attraktive, unsympathische Mann, auf dessen Namensschild 'Guido G. – Geschäftsleitung' steht auch noch ein und sagt: „In der Sendlinger Straße gibt's übrigens auch einen dm-Markt, der ist quasi um die Ecke, so 350 Meter von hier. Von dort beziehen wir unsere Ultra-Deluxe Füßlinge für unsere ganz besonderen Kunden."
Dann lachen Sie und Guido unbekümmert auf und ich bin kurz davor zu explodieren, weil er auch noch Ihren Fuß völlig indiskutabel viel zu lange in Händen hält, bevor er Ihnen den zweiten Schuh anzieht.

„Ja Kai, zum Glück habe ich diesen charmanten, jungen Kavalier hier gefunden, der mir nicht nur mit seinem berufsbedingt sicheren Auge unglaublich bequeme und schöne Ballerinas empfehlen konnte, sondern auch noch so freundlich war, mir bei der Anprobe behilflich zu sein. Was sagst du als mein Experte: Wie gefällt dir seine Auswahl an meinen Füßen?"

Mit geballten Fäusten murmele ich völlig aufgewühlt, fast schon traurig: „Sie sehen darin sehr schön aus, Lady Kim. Aber ich hätte für Sie schönere und bequemere Schuhe gefunden."

Nach einem: „Na, dann lass ich mich mal überraschen", bedanken Sie sich bei der Geschäftsleitung und sagen, dass ab jetzt ich, Ihr Begleiter, übernehme. Bevor Guido endlich verschwindet, lassen Sie mir ihm noch eine Visitenkarte aus Ihrer Handtasche überreichen.

Wieder unter uns, schwärmen Sie: „Ach was für ein äußerst sympathischer, junger, attraktiver Mann das doch war.", um augenblicklich im ernsten Tonfall mich zu tadeln, weil ich Sie 2 Minuten warten ließ. „Darüber habe ich noch mit dir zu reden. Besser du überlegst dir schon mal eine Strafe, mit der du Buße tun willst!"

Dann fordern Sie mich fröhlich, als sei nichts geschehen auf, Schuhe zu finden, die schöner und bequemer sind als die von Geschäftsleitung-Guido. Ich stürze mich sofort auf die in den Regalen stehenden, traumhaften Damenschuhe, um Ihnen das eine Paar zu finden, das die Nähe zu Ihren göttlichen Füßen aufgrund Schönheit und Bequemlichkeit verdient.

Gott, welch wundervollen Exemplare stehen da rum. Ich sehe den Wald vor lauter Bäumen nicht, kann mich nicht entscheiden. Doch dann sehe ich sie: Traumhafte schwarze Caprice Walking on Air Pumps mit dezentem 5 cm Absatz. Ich verdränge die Tatsache, dass der Absatz nur unwesentlich niedriger ist als bei Ihren jetzigen Schuhen und dass Sie diese Schuhe schon besitzen. Wunderschön und bequem war die Aufgabe.

Und da ich weiss, wie oft und gerne Sie ihre Caprice tragen, ist das die perfekte Wahl. Doch um auf Nummer sicher zu gehen und aus einer Laune heraus, beschließe ich, ein Paar anzuprobieren. Niemand ist auf dieser Etage außer zwei Verkäuferinnen, die sich an der Kasse unterhalten, sowie meine Königin und ich. Leider gibt es als größte Größe nur 42,5 und ich trage 43. Doch zum Testen wird es schon gehen. So schnell ich kann schlüpfe ich hinein, knicke dabei beinahe um, aber bin sofort begeistert vom hohen Tragekomfort, obwohl ich die halbe Größe weniger schon spüre. Dann stelle ich das Paar wieder zurück, binde mir meine Schuhe und schlendere weiter.

Was ich dann im nächsten Regal sehe, verschlägt mir die Sprache. Es sind nicht die schönsten Schuhe, die ich bisher gesehen habe, aber bestimmt mit Abstand die bequemsten. Aufmerksam lese ich den Werbetext.

„Mit den Venice Slippers von Loro Piana werden die Tage gemütlicher. Sie bestehen aus Kaschmirflanell in Melange-Beige, das mit farblich abgestimmten Ripsbandkanten besetzt und mit einer Logostickerei verziert ist."

Dieses Material ist so weich, so anschmiegsam, wie ich es bei einem Schuh nicht für möglich gehalten habe. Diese Schuhe, dieses Kaschmirflanell, muss eine Wohltat für die gestressten Füße meiner Königin sein.

Und ja, königlich wirkt auch die Stickerei. Die oder keine, entscheide ich. Ich will aber meine Caprice Lieblinge nicht zurückstellen, denn unglücklicherweise gibt es die Kashmir Slipper nur in der Grösse 37,5, also eine halbe Nummer größer als meine Eigentümerin üblicherweise trägt.

Stolz, so schöne und bequeme Schuhe gefunden zu haben, eile ich zurück. „Na, du hast dir aber Zeit gelassen. Ich war schon kurz davor, mir meinen jungen Guido wieder holen zu lassen. Aber der scheint gar nicht mehr hier zu sein. Egal, zeig mir deine Vorschläge, Kai. Ich sehe, du hast mir 2 Paar zur Auswahl gebracht." „Ja, Lady Kim, in der Tat. Ich habe einen klaren Favoriten, aber da es die nur in 37,5 gibt, will ich Ihnen zunächst dieses Paar zeigen. Darf ich präsentieren, die wohl bequemsten Pumps der Welt."

Und mit einem stolz gesungenen: „Tada!", öffne ich den Schuhkarton und zeige Ihnen die wohlbekannten Caprice. Etwas verstört blicken Sie zuerst in den Karton, dann in mein Gesicht.

„Soll das dein Ernst sein, Kai? Die gleichen Caprice, die ich schon zu Hause habe? Nimmst du mich auf den Arm, mein Lieber?" „Keineswegs Lady Kim. Da ich weiss, wie gerne Sie diese Schuhe tragen und wie anschmiegsam das Material ist, dachte ich, das sind die idealen Schuhe für den Rest des Tages. Bequem und schön, so wie Sie verlangten. Und, lassen Sie mich noch hinzufügen, auch Irmgard empfiehlt diese Schuhe, denn Sie hat Sie gerade probegetragen und Sie hat sich sofort in die Eleganz und den Tragekomfort dieser Caprice verliebt. Sie trägt zwar Größe 43, aber die 42,5, die sie probiert hat, war nur minimal zu klein." Um das Humoreske zu unterstreichen, zwinkere ich dabei mehrere Male mit meinem Auge.

Leider sehe ich große Skepsis in Ihrem Blick. Wie zuvor im Hofgarten sehe ich zum zweiten Mal in einer Stunde, wie Sie verzweifelt mit dem Kopf schütteln und mit resignierender Stimme mich auffordern. Ihnen das zweite Paar zu präsentieren.

Unbeeindruckt von diesem leichten Rückschlag, preise ich sogleich die Venice Slippers von Loro Piana als die bequemsten Schuhe des Planeten an und bediene mich dem Werbetext: „Damit werden die Tage gemütlicher, Lady Kim. Sie bestehen aus superweichem Kaschmirflanell. Die Farbe heißt Melange-Beige. Das coolste ist diese Stickerei. Das sieht fast aus wie eine Krone!" Wie erwartet, scheint Ihnen dieses Paar zuzusagen, denn Sie prüfen das Material, dann die Innensohle, dann die Krone. „Hübsch Kai, muss ich schon sagen. Ob die nicht zu empfindlich sind? Und der kaiserliche Preis für Slipper ist gerade eben adäquat, oder?"

Und ohne mich antworten zu lassen, dass das Beste gerade gut genug für Ihre Füße ist, fordern Sie mich auf, sie Ihnen anzuziehen, was ich natürlich mit großer Freude umgehend mache. Ehrfürchtig und ganz sanft, um Ihre strapazierten Füße nicht zu verletzen, streife ich die Ballerinas von Ihren Füßen, die in den Ultra-Deluxe Füßlingen, die ich besorgt habe, ganz himmlisch bezaubernd aussehen. Nur mit größter Überwindung kann ich es vermeiden, Ihnen einen Kuss auf die Sohlen zu hauchen und streife dann mit höchstmöglicher Sorgfalt die Slipper über Ihre Füße.

Daraufhin stehen Sie auf und umkreisen mich wie eine Beute. Dann betrachten Sie sich im Spiegel, spielen kokett mit Ihrem Fuß, ziehen damit Kreise wie zuvor beim Tango, stellen sich auf die Ferse, dann auf die Zehen und schreiten wie eine wahre Regentin zurück zu Ihrem Stuhl, vor dem ich immer noch knie. Natürlich hat mich jede Sekunde vom Spiel Ihrer Füße vollkommen fasziniert, Ich habe mich auf den ersten Blick in diesen Slipper verliebt. „Die oder keine", wiederhole ich in Gedanken und bete, dass Sie entscheiden, sie zu kaufen.

„Hübsch, Kai, wirklich hübsch! Die sind super bequem und das Kaschmir ist so weich. Die Stickerei gefällt mir auch sehr. Gut gemacht, Kai, die sind in der Tat viel schöner und bequemer als die Ballerinas. Du bist also doch MEIN Fuß- und Schuhexperte. Komm, hol sie mir in 37, denn die hier sind eine Nuance zu groß. Dann lass uns Essen gehen, denn ich sterbe schon vor Hunger."

Froh und versonnen, so schön gelobt worden zu sein und diesen jungen Nichtsnutz von Geschäftsleiter ausgestochen zu haben, entgeht mir Ihr letzter Satz.

"Kai? Hörst du? Hol mir die Schuhe in Größe 37!" Noch bevor ich antworten kann, hat sich eine Verkäuferin zu uns gesellt. Da ich immer noch knie, schaut sie etwas belustigt.

Als Sie ausführen, diese Slipper gerne kaufen zu wollen, aber sie etwas zu groß sind, fragt sie: „Um wie viel?" - „Nicht viel. Kai, kannst du das bitte überprüfen?" Und schmunzelnd betrachten Sie und die Verkäuferin, wie ich mit rot anlaufenden Ohren fast zärtlich die Lücke zwischen Ihrem so geliebten großen Zeh und dem Rand des Schuhs ertaste. Mit einem Krächzen in der Stimme antworte ich umgehend, dass es etwa ein halber Zentimeter ist, woraufhin die Verkäuferin zur Größe 37 rät, die aber ihres Wissens nicht mehr vorrätig ist. „Ein Exemplar in 37 habe ich noch, aber das ist leider reserviert. Am Montag wird es wieder in den Verkauf gehen, wenn die Dame es heute nicht mehr abholt. Ich notiere mir gerne Ihre Nummer, dann rufe ich sie an."

„Das ist sehr nett, vielen Dank, doch Montag ist zu spät. Dann nehme ich doch die wildroten Ballerinas. Kai, bist du so nett und hilfst mir mit dem Schuhwechsel und bring die Slipper und Caprice dann wieder zurück!" Geschockt von Ihrem Plan, die Schuhe meines Konkurrenten zu kaufen, wende ich mich, immer noch kniend, an die Verkäuferin: „Hören Sie, können Sie bitte eine Ausnahme machen? Es sind doch nur noch wenige Stunden bis Ladenschluß. Bitte, Sie würden mir damit einen riesigen Gefallen tun." Doch mit einem mitleidigen Lächeln teilt mir die Verkäuferin mit, dass es nun mal nicht möglich ist, um sich dann wieder Richtung Kasse zu bewegen.

„Bitte Lady Kim, geben Sie mir noch ein paar Minuten, ich will es noch einmal versuchen, sie umzustimmen." Mit einem amüsierten Grinsen erlauben Sie es. „Na los Kai, beeindrucke mich mit deinem Verhandlungsgeschick!"

So stürze ich zur Kasse, um dort, wild gestikulierend, auf beide dort stehenden Verkäuferinnen einzureden. Hin und wieder blicke ich zu Ihnen und Sie scheinen an meinen Gesten, wie meine bittend gefalteten Hände, Gefallen zu finden, denn sie lächeln milde und schütteln schon wieder den Kopf.

Sie sehen, wie die Verkäuferinnen sich kurz beraten und auf die Regale deuten. Dann, wie ich eifrig mit dem Kopf nicke, etwas aus meiner Brieftasche hole und den Damen übergebe, und schließlich, wie ich freudestrahlend und mit Stolz erhobenem Haupt mit einem Schuhkarton, auf dem die Nummer 37 prangt, zu Ihnen zurück gehe.

„Lady Kim, darf ich Ihnen Ihre Slipper in Größe 37 präsentieren und gleich anziehen?" Sichtlich beeindruckt erlauben Sie es mir und befehlen die Peter

Kaiser in den Karton zu legen, sowie die restlichen Schuhe aufzuräumen. Während ich die Ballerinas und Caprice-Pumps zurück ins Regal trage, gehen Sie schon an die Kasse, um zu bezahlen.

„Vielen Dank, dass sie sich doch noch anders entschieden haben! Ehrlich gesagt, wären die Slipper in 37,5 auch gegangen, aber die jetzt sind mir schon lieber."

„Freut uns, aber nun ja, das Angebot, das ihr Begleiter uns gemacht hat, war einfach zu gut, um es auszuschlagen. Und in 99% der Fälle wird zurückgelegte Ware eh nicht am letzten Tag abgeholt, Wenn's wirklich so wäre, sagen wir halt, es war ein Versehen."

„Hat er Ihnen Geld gegeben? Mein Begleiter meine ich? Ich habe ihn ihnen etwas aus seiner Brieftasche geben sehen."

„Nein, Geld anzunehmen wäre ein Kündigungsgrund. Sein Angebot ist eh viel besser! Einen tollen, aufmerksamen und fürsorgenden Begleiter haben Sie da! Dass Verliebte ihren Damen beim Anziehen der Schuhe behilflich sind, sehen wir öfter. Aber das, was er macht, nur damit sie ihre Schuhe eine halbe Größe kleiner bekommen, ist schon einzigartig.

Das, was er uns übergeben hat, war sein Ausweis! Als

Pfand! Denn er hat uns angeboten, uns nächste Woche beim Putzen aller Regale zu helfen. Das ist eine Heidenarbeit. Wir hassen das, aber einmal im Monat steht es zusammen mit der Inventur an. Alle Schuhe und Kartons müssen dann aus den Regalen geräumt werden, dann wird das Regal geputzt. danach werden sie wieder zurückgestellt. Das ist echte Knochenarbeit! Vor allem bei den unteren Regalen. Das dauert den ganzen Tag! Und, oh ja, kleine Korrektur: Ihr Begleiter wird uns nicht nur helfen, sondern alles alleine machen. Also halten sie sich den warm, denn wenn das kein Liebesbeweis ist, weiss ich auch nicht mehr!"

Und als ich kurz darauf, stolz und zufrieden an die Kasse komme, nehmen Sie meinen Kopf in beide Hände, stellen sich auf die Zehen und hauchen einen Kuss auf meine Stirn, direkt unter dem „I", mit dem Sie mich im Hofgarten markiert haben und flüstern ganz leises: „Danke, Kai!"

Dann wenden sie sich nochmal an die Verkäuferinnen und fragen, ob es die schwarzen Caprice Walking on Air auch in 43 gibt, die aber leider verneinen. „Na dann, Kai, hol doch bitte noch die Caprice in 42,5. Ich denke, Irmgard hat sich die als Geschenk verdient…"

Abschluss der epischen Shoppingtour.

Bonus

Ein Auszug aus unserem Chat:

Schuhchallenge

Verehrter Leser,

Während des Verfassens dieser 'Shoppingtour' gab es eine Challenge für Kai, die wir Ihnen nicht vorenthalten wollen. Kai musste aus einer Auswahl von 12 Schuhpaaren das Paar erraten, welches Lady Kim für die Tour tragen würde. Gewinnt er die Challenge, erhält er ein weiteres Foto der Schuhe seiner Angebeteten. Sein Einsatz, wenn er daneben liegt, bestimmt natürlich seine Herrschaft und wird ihm erst später verraten.

Hier zunächst Kai's Auswertung

der 12 Schuhpaare:

Verehrte Lady Kim,

zunächst vielen Dank, dass Sie diese, für mich sehr schöne, Challenge entworfen haben. Wie beschrieben, werde ich für Ihre bezaubernden, wundervollen und angebeteten Schuhe eine Rangliste erstellen, aus der ersichtlich ist, wie wahrscheinlich ich glaube, dass Sie dieses Paar auswählen, um mit mir auf Shoppingtour zu gehen. Es geht also nicht um meine Präferenz, welche Schuhe mir besonders gefallen (nämlich ALLE!, doch mit klarer Vorliebe zu den geschlossenen Schuhen), sondern was ich glaube, welche Sie auswählen werden.

Was ich weiß:

1. Es ist schönes Wetter, Königinnen-Wetter sozusagen, und warm
2. Sie tragen ein Ihre Schönheit unterstreichendes Sommerkleid, in dem Sie atemberaubend aussehen werden
3. Sie werden viele Stunden in den Schuhen unterwegs sein

Was ich daraus herleite:

1. Tendenz zu offenen Schuhen, also Sandaletten. Oder hinten offene Mules. Bei Sandaletten glaube ich, Sie wollen Ihre Zehen zeigen.
1. Hm, das hilft mir leider nicht viel weiter, aber ich habe so ein Gefühl, dass Sie ein helles oder tendenziell rötliches Kleid wählen werden.
2. Die Schuhe müssen bequem sein. Das deutet auf Ballerinas hin. Auch Ihre Mules wären Kandidaten, weil Sie sie bequem aus- und anziehen könnten, aber das gilt für die Ballerinas auch. Außerdem könnten Sie beide Typ Schuhe dann an Ihrem Fuß baumeln lassen und damit mich armen Lakaien komplett in Ihren Bann ziehen, aus dem ich nie wieder heraus käme.

Also let's go, hier meine Rangliste von 12 (am unwahrscheinlichsten) zu 1 (am wahrscheinlichsten):

Meine Nummer 12 (schlichte schwarze Leder-Ballerinas mit Zierschnalle vorne und lederner, brauner Innensohle):

Aus offensichtlichen Gründen sind diese Ballerinas eine meiner persönlichen Favoriten, und sie sind bestimmt auch sehr bequem, doch ich denke, Ihnen ist ein bisschen mehr nach Glamour an diesem Tag.

Meine Nummer 11 (schwarze Mules von Renato Cenedella. Vorne geschlossen, mit heller Innensohle und mittelhohem Absatz):

Wunderschöne Mules, Lady Kim. Sie würden mich armen Sklaven damit in den Wahnsinn treiben, wenn Sie sie an Ihren Zehen baumeln lassen würden, wenn Sie beispielsweise in einem Café sitzen. Ob ich mich unter Kontrolle halten könnte, wenn Ihnen dabei ein Schuh vom Fuß fällt, könnte ich nicht garantieren. Aber ich glaube, sie sind zu elegant, die Absätze zu hoch, und auf die Dauer würde es Ihnen auf die Nerven gehen, keine Schuhe mit festem Sitz an Ihren Füßen zu haben.

Meine Nummer 10 (schwarze Halbschuhe von Geier mit Zierschleife vorne. Spitz zulaufend und mit einem keilförmigen Schlitz im Zehenbereich. Die Innensohle ist aus weißem Leder):

Was für traumhafte Schuhe! Sie sehen darin bestimmt aus wie eine strenge, erhabene Königin!! Aber ich denke, Sie passen nicht zu Ihrem Sommerkleid und sind insgesamt zu elegant.

Meine Nummer 9 (elegante schwarze Halbschuhe mit beigen Lederriemen an den Außenseiten und Innensohle aus hellem Leder):

Wie neckisch diese Bänder an den Seiten doch sind. Und Sie sehen in diesen fantastischen Schuhen bestimmt unfassbar anmutig aus. Ich sehe Sie darin auf einer Vernissage oder im Theater, und vielleicht ergibt es sich ja in der einen oder anderen Geschichte, Sie da zu begleiten. Aber zum Einkaufen sind Sie zu elegant...

Meine Nummer 8 (schwarze Mary Janes mit hohem Absatz, Nieten an den Fersen und Innensohle aus schwarzem Leder):

Wie Sie ja wissen, liebe ich Mary Janes! Und ich sehe, Sie ziehen diese Schuhe auch gerne an. Kein Wunder, Sie müssen darin schlichtweg göttlich aussehen, und dann noch dieses Nietenmuster an der äußeren Ferse. Auch das Leder scheint wirklich anschmiegsam und weich zu sein. Ich bete, dass Sie mich irgendwann eine Geschichte schreiben lassen mit diesen herrlichen Schuhen an Ihren bezaubernden Füßen, aber fürs Einkaufen haben sie einen zu hohen Absatz (obwohl ich es nicht 100% auf dem Bild sehen kann), und irgendwie sehe ich andere Schuhe passender zu Ihrem Kleid.

Meine Nummer 7 (schwarze Mules, vorne offen, mit mittelhohem Absatz und Innensohle vorne aus schwarzem Leder, sonst beige):

Oh mein Gott, was für ein Traum! Ich stelle mir vor, wie ich Packesel mit all den Einkaufstüten hinter Ihnen herlaufe, und wie mein Blick an Ihren Fersen förmlich klebt. Dazu noch das Plopp-Plopp-Plopp bei jedem Schritt, das mich wahrscheinlich hypnotisieren würde. Wie lächerlich würde ich wohl aussehen? Oder doch nicht? Die Frauen sehen bestimmt auf den ersten Blick, dass ich niemals mehr als Ihr Lakai sein kann. Und die Männer? Bestimmt hassen mich nicht wenige, weil Sie insgeheim nichts sehnlicher wünschen, als in meiner Position zu sein. Dennoch, auch hier glaube ich, es würde Sie auf Dauer nerven, keinen festen Halt an den Füßen zu haben.

Meine Nummer 6 (schwarze Nero Giardini Riemchensandaletten. Vorne offen, mit hohem, spitzem Absatz. Die Innensohle ist im Zehenbereich aus schwarzem Leder und ansonsten weiss):

Ohne Worte, Lady Kim. Unfassbar schöne Sandaletten. Viele Kriterien sprächen dafür, dass Sie diese wählen könnten, und ich würde Sie am Ende des Tages bestimmt anflehen, mich für immer unter diesen

Sandaletten als Ihr Sklave zu halten. Aber sie sind zu schick und wohl auch zu hoch für stundenlanges Einkaufen. Trotzdem, je ein devoter Kuss geht auf den Zehen- und Fersenbereich eines jeden Schuhs

Meine Nummer 5 (schwarze Pumps von Caprice mit mittelhohem Absatz. Die helle Innensohle ist luftgepolstert (walking on air) - Kai wählt diese Pumps im Schuhgeschäft aus):

Ich bete diese Schuhe an, Lady Kim! Wie wunderschön sie aussehen, sogar wenn Ihr Fuß nicht darin steckt. Auch hier sehe ich, dass Sie diese Schuhe sehr gerne tragen, und auch hier bete ich, dass Sie mich einmal eine Geschichte schreiben lassen, mit diesen an Ihren wunderschönen Füßen. Warum nur die Nummer 5? Ich gehe in meine TOP 4 nur mit Sandaletten. Irgendetwas sagt mir, da liege ich richtig. Darüber hinaus scheint hier der Absatz auch ein wenig zu hoch, farblich passen andere Schuhe besser zu dem Kleid, in dem ich Sie sehe, und insgesamt sind sie auch ein wenig zu elegant. Aber bitte, Lady Kim, versprechen Sie mir, dass diese göttlichen Schuhe einmal eine Hauptrolle in einer Geschichte spielen werden. Vielleicht im Restaurant, oder wieder einer Vernissage oder im Theater. (Anmerkung: diese Caprice spielen übrigens tatsächlich eine Hauptrolle, nämlich in der Story *Zum Fußsklaven geformt von Lady Kim: Fuß(ver)führt in Prag, ebenfalls erschienen bei Edition K!nkstyle...)*

Meine Nummer 4 (rote Mary Janes mit dunklem Muster von Sinlyshoes. Vorne offen, mit roter Plateausohle und hohen Absätzen. Die Innensohle ist im vorne rot, sonst silber):

Viele Kriterien sprechen eigentlich für dieses Paar, und ich muss nicht extra erwähnen, wie ich Sie in diesen Schuhen sehen würde (Königin ist da bestimmt nicht ausreichend). Die Farbe passt zu meinen Vorstellungen zum Kleid, Sie zeigen Ihre Zehen. Aber mehrere Stunden auf diesen Absätzen? Sicher, Sie haben mich, der dafür töten würde, Ihnen die Füße zu massieren, nachdem Sie mehrere Stunden unterwegs waren. Aber dennoch glaube ich, sie sind Ihnen zu unbequem.

Meine Nummer 3 (Hellbraune spitze Slingpumps von Lario mit spitzem Absatz. Die Innensohle ist ebenfalls aus beigem Leder):

Meine TOP 3 sind alles Sandaletten mit nicht zu hohem Absatz, farblich angepasst zu dem hellen oder rötlichen Kleid, in dem ich Sie sehe. Das warme Wetter spricht dafür. Dass Sandaletten ganz fantastisch zu einem Sommerkleid passen, spricht dafür. Dass Sie mich durch den Anblick Ihrer nackten Füße um den Verstand bringen wollen, spricht dafür. Die Nummer 3 ist eigentlich meine Nummer 1. Wenn

es ein Kriterium nicht gäbe, an dem ich fest glaube, dass es eine entscheidende Rolle spielt, hätte ich alles auf dieses Paar gesetzt. Warum? Rhetorische Frage. In denen sehen Sie zum Niederknien aus, Lady Kim. Ich verbessere mich: zum Niederknien und nie wieder Aufstehen...

Meine Nummer 2 (beigefarbene Peter Kaiser Sandaletten mit spitzem Absatz. Die strassbesetzten Riemchen um die Zehen zieren zahlreiche Swarovski Kristalle):

Es ist knapp zwischen meiner Nummer 2 und Nummer 1. Letztendlich sehe ich Sie eher in einem pastell-rot/

rosa-farbenen Kleid. Mit dezenten weißen Punkten oder Kreisen. Aber was verstehe ich schon von Mode. Egal, ich glaube einfach eher an ein rotes anstatt an ein helles Kleid. Meine Nummer 3 empfinde ich bei weitem am schönsten, und glaube auch, dass sie auch Ihre Favoriten unter den Sandaletten sind. Aber irgendetwas sagt mir, dass Sie Ihre anbetungswürdigen Zehen zeigen wollen. Warum? Um sicherzugehen, dass ich den ganzen Tag Ihr höriger Lakai bin, der auf Ihr Fingerschnippen reagiert und jeden Ihrer Befehle ausführt, oder auch schon auf eine Bewegung Ihrer göttlichen Zehen.

Meine Nummer 1 (rote Peter Kaiser Sandaletten mit mittelhohem Absatz. Die Innensohle ist im vorne aus rotem Leder und ansonsten weiss):

Es ist warm, Sie tragen ein rötliches Kleid, Sie wollen Ihre Zehen zeigen, und Ihre Ferse, und den größten Teil Ihres Fußes. Das Fußbett scheint auch bequem zu sein. Also, obwohl ich mich zu vielen Schuhen mehr hingezogen fühle, lege ich mich fest und sage: Sie haben Ihre roten Peter Kaiser Sandaletten gewählt. Gute Wahl, Lady Kim! Ich hauche auch hier einen Kuss auf die Zehen und die Ferse beider Sandaletten, und vergehe vor Sehnsucht, Sie morgen darin den ganzen Tag zu sehen

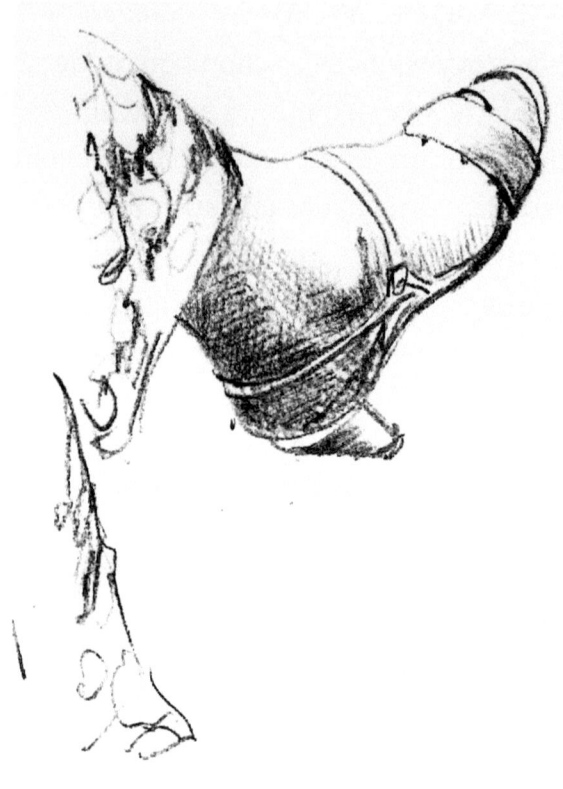

Kai lag nur knapp daneben, denn …

Lady Kim: *„Ich werde am Samstag meine beigefarbenen Peter Kaiser tragen, die mit den Strass Steinen, denn ich denke bei diesen Schuhen gerne an die Trans Zofe, die sie mir damals küsste und ich deshalb immer noch einen klitzekleinen Lippenstiftfleck von ihr darauf habe…. Das sind doch gute OMEN für einen prickelnden Tag, oder?"*

Als Einsatz wurde für Kai folgendes bestimmt:

Lady Kim: *Schreib mir ein Gedicht auf meine Caprice - das ist das Paar, welches mein Schuhputzer demnächst putzen wird, während du dich erneut nach ihnen verzehren musst...*

Und schließlich wurde Kai's Wetteinsatz eingefordert, aber etwas anders als erwartet. Nachfolgend ein Auszug aus dem Chat am Vortag der Einlösung von Kai's Wettschuld:

Lady Kim: *Ich habe eine Anfrage an meinen Schuhputzer gerichtet...Er soll morgen kommen. Ihm das Gedicht vorzulesen, wird wunderbar peinlich für dich sein!*
21:47

Kai: Eigentlich dachte ich, Sie lesen das Gedicht, ohne dass jemand anwesend ist, oder höchstens leise, während jemand anderes Ihre Caprice putzt....
21:48

Lady Kim: *Wo wäre denn dann da die Erniedrigung? - Mein Schuhputzer freut sich wie verrückt...*
„Erhabene Herrin,
aber selbstverständlich! Herzlichen Dank für diese wundervolle Nachricht. Wann immer es Euer Wunsch ist, stehe ich gehorsam und unterwürfig zur Verfügung. Ich warte auf Euer Kommando!
Ergebene Grüße
Euer Schuhputzer"
Und während ich das Gedicht vorlese, wird er knien....- und ich drücke seinen Kopf mit einem Fuß auf den Fuß, der mit meinen Caprice auf seinem Putzbänkchen liegt. Und ich könnte ihm den Befehl geben zu inhalieren...
21:54

Kai: Bitte Lady Kim, würden Sie mir Bescheid geben, wann ungefähr Sie Ihrem Schuhputzer erlauben werden, den Duft Ihrer Caprice zu inhalieren, während Sie meine Ode vorlesen? Ich wäre gerne in Gedanken dabei... und ich werde mir dabei eines der wundervollen Fotos von Ihren Füßen in Ihren Caprice anschauen, und die Ode selbst laut vorlesen, und dabei fantasieren, von Ihnen auf Ihren Fuß gedrückt zu werden und inhalieren zu dürfen...
22:03

Lady Kim: Wunderbar, so machen wir das
15:30 Uhr kommt er, 16:00 Uhr lese ich die Ode. Schick sie
mir passend bis dahin.
Ich werde göttlich schlafen
22:36

Kai: Ich schicke Sie Ihnen um 15:00 Uhr per Mail. Und ja, bitte schlafen Sie heute göttlich!
22:39

Und am nächsten Tag, der Tag der Einlösung der Wettschuld:

Lady Kim: *Also Er kommt um 15:30 Uhr - ich ziehe, weil ich sooo nett bin, jetzt schon meine Caprice an...barfuß... Ich lass ihn all meine Schuhe putzen und wenn die Caprice dran sind, werde ich vorlesen...*
13:02

Kai: Aber bitte Lady Kim, wollen Sie es sich nicht nochmal überlegen, das mit dem Gedicht laut vorlesen?
13:15

Lady Kim: *Nix da!*
Wenn es so schlecht ist hast du ja jetzt noch fast zwei Stunden zum überarbeiten – Die finale Version erwarte ich wie besprochen um 15:00 Uhr!
13:17

Kai: Gott, es wird so erniedrigend sein für mich. Ich bin echt gespannt, wie es Ihnen gefallen wird, und ob Sie lachen werden, wenn Sie es vorlesen. Es ist so lächerlich, eine Lobeshymne an Ihre Schuhe!!!
13:23

Lady Kim: *Perfekt konditioniert nennt man das - nicht lächerlich! Außerdem sollte jeder Mensch dem entgegen streben,*

was ihn glücklich macht. Du merkst doch hoffentlich, wie gut es dir tut, über meine Füße schreiben zu dürfen? Und auf Befehl zu knien? Und - ja, auch wie gut es für dich ist, dich zu schämen und zu genieren und wie süchtig machend... Und richtig gut ist es erst, wenn du weißt, dass ich mich tatsächlich über dich amüsieren werde... - oder liege ich da falsch?
13:29

Kai: Nein, da liegen Sie nicht falsch. Und bitte glauben Sie mir, in dem Moment, in dem Sie den Kopf Ihres Schuhputzers nach unten drücken, wird nicht nur Ihr Schuhputzer auf Ihren Befehl hin den Charakter Ihrer Caprice anbeten und inhalieren, sondern auch ich, also in Gedanken! Sie haben also heute zwei Sklaven zu Ihren Füßen.
13:35

Lady Kim: *Ich bin schon sehr privilegiert - ich werde die Stunden genießen.*
So und nun mach ich weiter - damit der Gute gleich auch etwas Charakteristik bekommt stöckel ich mal ein wenig daheim herum - bis später
13:58

Kai: Ich knie im Moment vor Ihnen, erhabene Göttin. Mein Kopf ist tief gesenkt, und ich atme tief das wundervolle Aroma Ihrer erhabenen Caprice ein. Vielen Dank, dass Sie die Gnade besitzen und Ihre Ferse anheben. Der Duft ist so betörend, so einzigartig. Bitte, erhabene Caprice, lass mich ein Loblied auf Dich singen, eine Hymne, eine Ode, während ich gierig und glücklich dein wundervolles Aroma in mich einsauge... 16:00

Ode an Caprice

Oh Caprice, wie verzehr' ich mich nach Dir!
Dein Antlitz so strahlend, Deine Form eine Zier!
Dein Inneres so göttlich und Du duftest so hehr,
Oh wie ich Dich und Deinen Charakter verehr'!

Und bitte, Caprice, beibehalte Deine Aktivität,
mit jedem Schritt gewinnst Du an Identität,
und mit jeder Falte an Attraktivität!
Und dafür preise ich Euch Majestät!

Ach wie groß ist die Sehnsucht in mir,
jetzt in diesem Moment zu knien vor Dir!
Tief bis zu deinen Sohlen würd' ich mich verbeugen,
und so meine Hochachtung und Ehrfurcht bezeugen.

Dort tief unten würd' ich Dich anbeten,
Dir versichern ewige Ergebenheit und Treue!
und würd' selbst wenn ich von Dir getreten,
Dich demütigst weiter vergöttern ohne Reue!

Zu deinen Sohlen würd' Dein Duft mich inspirieren,
in Dankbarkeit Dein göttliches Aroma zu inhalieren.
Dies ist die Luft, die mich für immer kontrollieren soll,
so vollkommen, vollendet, überwältigend, wundervoll!

Doch bist es tatsächlich du, die ich anbete?
und nicht das, was du verinnerlicht hast?
Ich erinnere mich, dass ich einst anflehte
eine andere, dauerhaft und ohne Rast!

Ja, jetzt sehe ich es ganz eindeutig und klar,
nicht du bist die Göttin, doch du bist Ihr ganz nah.
Die Göttin ist Lady Kim, und ihr gebührt Ehr!
es ist Lady Kim's Fuß, nach dem ich mich verzehr.

Doch Caprice, sei nicht traurig, weil du die Göttin nicht bist,
du bleibst doch göttlich für mich, weil Kim's Fuß in dir ist!
So neig' ich mein Haupt und anbet' dich aussen und innen
Doch die höchste ist Lady Kim, die Königin der
Königinnen!

Lady Kim: *Es ist schon ein erhabenes Gefühl einen eigenen Untertan zu haben, der die Gabe besitzt Oden zu verfassen, so gut - dass selbst mein Schuhputzer inne hielt um zu lauschen 16:55*

Kai: Haben Sie sich amüsiert? 18:12

Lady Kim: *Ja! - verzückt gelacht... Und den Faden dabei verloren und dann musste ich es nochmals lesen. Und jetzt, nachdem ich allein war, noch mal....*

Danke,

an meinen geliebten Gatten, der meine Femdom
Neigung versteht und mich auch in diesem Projekt
wieder wohlwollend unterstützt.

Danke,

an meinen einzigartigen, virtuellen Sklaven und
Fußverehrer Kai von Aschenbach, den ich nie
persönlich
kennenlernen und in die Augen schauen werde.
Umso wertvoller ist mir sein geschriebenes Wort,
welches er mir in Form dieser Geschichten schenkt.
Ich hoffe, wir haben uns noch viel zu schreiben!
Lady Kim, im Mai 2023

Danke,

an unsere Hobby-Lekorin A. Für all deine Zeit und
Mühe mit unseren Zeilen.

Lady Kim

lebt und arbeitet als Künstlerin in Süddeutschland. Unter Pseudonym schreibt sie zusammen mit ihrem virtuellen Untertan Kai von Aschenbach. Beide schlüpfen immer wieder mit Leidenschaft in ihre Rollen und fühlen, als passierten die Dinge tatsächlich.

Mit der Reihe Fuß(xx)führt erfüllt sich Lady Kim den Traum, ihre Erlebnisse und Fantasien im BDSM in Schriftform zubringen. Zauberhaft ergänzt durch immer neue Twists ihres Fußsklaven Kai.

So erschien im November 2022 das Buchdebüt
Band 1 der Reihe Fuß(xx)führt
Fuß(ver)führt von meiner Angebeteten - Lady Kim

Angetrieben durch Lust und Fantasie entstehen immer neue Geschichten im gemeinsamen Chat, die darauf warten in eine ordentliche Form gebracht zu werden.

Das hier publizierte Buch ist
Band 2 der Reihe Fuß(xx)führt
Fuß(ge)führt -
Shoppingtour mit meiner Angebeteten Lady Kim
Es entstand zwischen Sommer 2022 und Mai 2023

Die themenbezogenen Skizzen, die die Bücher
begleiten, sind ebenfalls von Lady Kim.

Kai von Aschenbach

Schuh- und Fußliebhaber mit ausgeprägtem Hang zur
Romantik. Als talentierter Schreiberling widmet er sich
hier seiner Passion, exklusiv Geschichten für seine
Angebetete zu verfassen. Er beschreibt unter Pseudonym
seinen Fetisch und seine Hingabe zu einer für ihn immer
unerreichbaren Lady in nicht enden wollenden
Tagträumen.

Band 1
Fuß(ver)führt von meiner Angebeteten - Lady Kim

Gents, ihr wollt alles aufgeben, was ihr seid und euer ganzes Wesen der Huldigung eurer Angebeteten widmen? Gut so! Ladies, ihr versteht seine Sehnsucht, euch uneingeschränkt dienen und als unerreichbare Königin vergöttern zu wollen? So soll es sein!

Denn dann ist **Fuß(ver)führt von meiner Angebeteten - Lady Kim** genau für euch! Zärtlicher, psychologischer gentle-Femdom. Füße und Schuhe regieren! Und natürlich Lady Kim, Königin und unnahbares Ziel eines jeden wahren Fußsklaven.

Augenzwinkernd, aus der Perspektive der Dom und des subs erzählt, und liebevoll illustriert mit inhaltsbezogenen Skizzen wirst du dich nicht sattlesen und sattsehen können!

Fuß(ver)führt von meiner Angebeteten - Lady Kim ist eine Sammlung zusammenhängender Stories, bestehend aus:

1. Fuß(ver)führt I in Borkum: Der scheue, unerfahrene, naive Kai trifft auf Borkum seine verführerische Traumfrau.

Verheiratet ist sie für ihn unnahbar - bis auf ein Körperteil: Ihre Füße!

2. Die Anprobe: Kim und Kai auf der Suche nach dem geeignetsten Schuhwerk für einen Fetischevent, coole Twists und massenhaft Schuhanbetung inklusive.

3. Der Tag danach: Und weiter gehts mit Abenteuern des fußaffinen Verehrers Kai und seiner vergötterten Lady Kim. Psychologische Analyse seines Fetisches inklusive, denn will er tatsächlich immer nur unter den Füßen seiner Angebeteten leben?

4. Fuß(ver)führt II in Prag: Als Bonus und Alternative zu Fuß(ver)führt I: Kai trifft seine Kim in Prag. Aber diesmal ist alles anders, denn er kann Sie nicht leiden! Wird Lady Kim ihn seiner wahren Bestimmung zuführen können und ihn zu ihrem willenlosen Fußsklaven formen?

Fuß(ver)führt von meiner Angebeteten - Lady Kim ist fantasievolle, sachte Dominanz mit Fuß und Schuh statt mit Peitsche und Dildo, Fuß- und Schuhfetisch pur! Softcover oder E-Book: ISBN 9 783756 276295

E-Book / amazon

Zum Fußsklaven geformt von Lady Kim
- Fuß(ver)führt auf Borkum ist die Kennenlern-Story des
scheuen, unerfahrenen und naiven Kai von Aschenbach,
der auf Borkum seine verführerische, dominante Traumfrau
trifft. Verheiratet ist sie für ihn unnahbar - bis auf ein
Körperteil: Ihre Füße! Anfangs noch unsicher, ob er sich
versklaven lassen will, verfällt er immer mehr dem Bann
der Füße seiner angebeteten Lady Kim, deren Reizen er
nicht widerstehen kann.

Diese Story findet sich auch in der Sammlung
zusammenhängender Geschichten **Band 1 /**
Fuß(ver)führt von meiner Angebeteten - Lady Kim
(ISBN 978-3-7562-76295), ebenfalls von Edition K!nkstyle
als Paperback und E-Book.

**Zum Fußsklaven geformt von Lady Kim
- Fuß(ver)führt in Prag** ist die Kennenlern-Story des scheuen, unerfahrenen und naiven Kai von Aschenbach, der in Prag in das Abenteuer seines Lebens stürzt. Erpresst von seiner verhassten Traumfrau Lady Kim durchlebt er nicht enden wollende Demütigungen, die ihn immer weiter zu ihrem willenlosen Fußsklaven werden lassen.

Auch diese Story findet sich auch in der Sammlung zusammenhängender Geschichten
Band 1 / Fuß(ver)führt von meiner Angebeteten - Lady Kim (ISBN 978-3-7562-76295), ebenfalls von Edition K!nkstyle als Paperback und E-Book.

Wie unsere Geschichte weiter geht ?

Vielleicht so:

Kai: Verehrte Majestät, ich will mich noch einmal aufrichtig und untertänigst bedanken für die Ehre, für Sie und mit Ihnen die Shoppingtour geschrieben haben zu dürfen. Ich hoffe, ich wurde Ihren hohen Ansprüchen gerecht und habe mich für zukünftige Aufgaben empfohlen.

Lady Kim: Hey Fußanbeter, es gibt da in der Tat Projekte, für die ich dich gebrauchen könnte!

Kai: Oh wie wunderbar! Vielen Dank, dass Sie mich und meine niederen Dienste in Erwägung ziehen. Dürfte ich fragen, für was ich Ihnen als nächstes bedingungslos zur Verfügung stehen könnte?

Lady Kim: Hm, für was als nächstes weiss ich noch nicht. Aber du könntest mich begleiten auf eine Reise nach Wien. Dort will ich Lars besuchen, den Adonis, den wir in Prag kennengelernt haben.

Kai: Nein, bitte Lady Kim, besuchen Sie ihn nicht...